浪人奉行

十一ノ巻

双葉文庫

目次

第一章　初蟬《はつせみ》　8
第二章　請地村《うけじむら》　52
第三章　百姓家　98
第四章　雷雨　141
第五章　角逐《かくちく》　184
第六章　美しい村　226

浪人奉行　十一ノ巻

請地村・亀戸村地図
請地村
正観寺
至亀有村
中居堀
小村井村
香取社
北十間川
境橋
至中川
梅屋敷
常光寺
柳島村
十間川
亀戸村
亀戸天神
水神社
至日本橋・江戸城

ときは天明《てんめい》――。

諸国は飢饉《ききん》により荒れていた。原因となったのは、天候不順による暖冬と旱魃《かんばつ》、洪水、さらに岩木山《いわきやま》と浅間山《あさまやま》の噴火が挙げられる。

とくに東北地方は悲惨を極め、ひどい食糧危機に陥《おちい》り、ときには人肉を食らい、あるいは草木に人肉を混ぜ犬の肉と称して売ったりするほどだった。

口減らしのための間引《まび》きや姥捨《うばす》てはあとを絶たず、行き倒れたり餓死《がし》する者も珍しくなかった。飢餓《きが》に加え疫病《えきびょう》まで蔓延《まんえん》し、わずか六年の間に九十二万人あまりの人口が減ったといわれる。

米をはじめとした物価は高騰《こうとう》の一途《いっと》を辿《たど》り、江戸で千軒の米屋と八千軒の商家が襲われ、騒乱《そうらん》状態は三日間もつづくありさまだった。

これを機に、将軍家斉《いえなり》を補佐する老中筆頭《ろうじゅうひっとう》の松平定信《まつだいらさだのぶ》は改革に乗りだすも、その効果ははかばかしくなく、江戸には食い詰めた百姓や窮民《きゅうみん》が続々と流入し、治安悪化を招いた。

在方《ざいかた》から町方に流れてくるのは、そんな輩《やから》だけではない。浮浪者、孤児《みなしご》、無宿《むしゅく》の無頼漢《ぶらいかん》、娼婦《しょうふ》、やくざ、掏摸《すり》、かっぱらい、追いはぎ、強盗……等《など》など。

幕府は取締りを強化し、流民《りゅうみん》対策を厳しく行ったが、町奉行所の目の届かぬ郊外では、宿場荒らしや、食い詰めた質《たち》の悪い百姓や無宿人、あるいは流れ博徒《ばくと》が跳梁跋扈《ちょうりょうばっこ》し、無法地帯と化していた。

第一章　初蟬《はつせみ》

一

　その朝、橘官兵衛《たちばなかんべえ》は内藤新宿下町《ないとうしんじゅくしもちょう》の家で着衣を乱して惰眠《だみん》をむさぼっていたのだが、出かけていく百合《ゆり》の気配を感じて、細い目をうっすらと開けた。

（今日はやけに早く出かけるな）

　そんなことを心中でつぶやき、はだけた胸をぽりぽりとかきながら、顔の近くで飛びまわる蠅《はえ》をもう一方の手で追い払って、半身を起こした。

　そこは官兵衛の家ではなく百合の住まいである。当初は居候《いそうろう》のように転がり込んだのだが、追い出されることもなく、百合も好きなだけいればいいじゃないのと、鷹揚《おうよう》である。

乱れた髪を手でかき分けて、「起きるか」と、夜具《やぐ》を抜けた。開け放された窓から爽《さわ》やかな風が流れてくる。

井戸端に行って顔を洗い、ひげをあたり、晴れた空を見あげた。柿《かき》の枝が張りだしており、深緑の葉が透けて見えた。

蟬の声を聞いたのはそのときだった。ミイミイと、まだ小さな鳴き声だ。

住んでいる長屋のそばには玉川用水《たまがわようすい》が流れている。すっかり目が覚めた官兵衛は、気紛《きまぐ》れに用水沿いの道を辿《たど》ってみた。

用水路の両岸には四季を彩る草花が咲いている。小さくて可愛い青紫の露草《つゆくさ》、赤い白粉花《おしろいばな》、ぽつんと生えている百日紅《さるすべり》の木は赤い花を咲かせている。群生している紫陽花《あじさい》もまだ見られ、そろそろ朝顔《あさがお》も咲きそうだ。

（おれも風流を好む歳になったか……）

胸中でつぶやき、苦笑を浮かべた。それにしても、このままの暮らしでよいものだろうかと思う。

父親は遠江相良藩本多家《とおとうみさがらはんほんだけ》の家来であったが、藩主が改易《かいえき》されて浪人になり、その子である官兵衛は自然、浮かばれることのない人生を歩むことになった。

悔やんでも致し方のないことであるが、もし、主君の本多忠央《ただなか》が、万事そつなく務めていたならば、おれも浪人にならずにすんだはず、家老になれずとも藩中の重職になれたかもしれないと思うことがある。

父は足軽だったが、官兵衛は幼き頃より武芸にすぐれていたので、自分は馬廻役《うままわりやく》ぐらいにはなれたかもしれないと思う。けれど、それはもはや望んでもしかたのないことだ。これが天から授けられたおのれの運命だと思うしかない。

ふっと、息を吐いた官兵衛は、そのまま来た道を引き返して家に戻った。居間にどっかり胡座《あぐら》をかき、さて、今日は何をしようかと家のなかに視線をめぐらす。

そもそも百合が借りている家なので、女物の着物や鏡台にある化粧の品が目につく。着の身着のまま同然で転がり込んだ官兵衛の持ち物はなきに等しい。

畳に転がっている団扇《うちわ》を取ってあおぎながら、ぼんやりした顔で少し遠出でもしてみようかと思い立った。それも初蟬の声を聞いたせいかもしれない。

ぶらりと百合の家を出たのは昼前だった。

四谷《よつや》大通りを江戸城外堀方面に向かって歩く。その道は背後の大木戸《おおきど》の先にある追分《おいわけ》で、甲州道中《こうしゅうどうちゅう》と青梅街道《おうめかいどう》に分かれる。

両側には四谷の町並みが列《つら》なり、大小の商家が商いにいそしんでいる。風鈴《ふうりん》を吊《つる》している店もあれば、この頃より姿を見せる水売りの行商とも擦れちがう。

小間物屋に米問屋に着物屋に煎餅屋《せんべいや》に一膳飯屋……。

江戸の町は一見繁華《はんか》だが、在方《ざいかた》は飢饉のあおりを受けて窮乏《きゅうぼう》しているので、一昔前ほどの豊かさはない。いまは清貧《せいひん》の時代なのだ。

外堀の畔《あぜ》まで足を運ぶと、そのまま堀沿いの道を市《いち》ヶ谷《や》方面に向かった。初夏ではあるが、まだ我慢できない暑さではない。胸元にあたる微風《そよかぜ》も心地よい。

(兄貴は何をしているのだろう……)

暇潰《ひまつぶ》しの散歩をしながら八雲兼四郎《やくもけんしろう》の顔を脳裏《のうり》に浮かべる。ひょんなことから、いっしょに〝仕事〟をすることになったが、兼四郎という人間にはしなくも惚《ほ》れてしまった。

あれはいい男だ、と胸の内でつぶやく。歩きながら兼四郎の顔が瞼《まぶた》の裏に浮かぶ。太い眉《まゆ》に涼しい目、高い鼻梁《びりょう》。度量が大きくて剣の腕は人後に落ちることがない。それでいて、場末の小さな飯屋の主《あるじ》に収まっている。

それが仮の姿なのか、それともときどき栖岸院《せいがんいん》の住持《じゅうじ》・隆観《りゅうかん》と、岩城升屋《いわきますや》の主・九右衛門《きゅうえもん》から請け負う「浪人奉行」の仕事が仮の姿なのかはわからない。

さりながら、官兵衛は飯屋の主が仮の姿だと思う。

（あれが飯屋の主なんかであるものか）

官兵衛はふんと鼻を鳴らして歩きつづけた。

はたと気がついたときには、神楽坂下《かぐらざかした》を過ぎ、牛込揚場町《うしごめあげばちょう》まで来ていた。楽な着流しに大小というなりだが、さすがに汗をかき、ついでに腹も減っていた。

官兵衛は茶屋の隣にある一軒の飯屋に入り、やってきた店の年増女《としまおんな》に早速注文をした。

「飯は大盛りだ。鯵《あじ》を四本ばかり焼いてくれ。それから蜆《しじみ》の味噌汁《みそしる》がいい。おっと、漬物を忘れずにな」

店の女は、驚きとあきれを混ぜ合わせた顔をして板場に下がった。

官兵衛は注文の飯が届くまで、ぼんやりと格子窓から見える景色を眺めた。物《もの》揚場《あげば》がある。それは少し離れたところにもあった。河岸道《かしみち》に青物を売っている者がいた。そんな景色を眺めながら、ふと頭に浮かんだことがある。これはいまに始まったことではないが、

（ほんとうにおれはこのままでいいのか）

ということだ。

いまの暮らしに心底満足しているわけではない。包容力のある百合との暮らし

に不満があるわけでもない。兼四郎と〝仕事〟をするのにも不満はない。だが、いまの暮らしをずっとつづけていけるとは決して思っていない。

いずれは兼四郎とも百合とも別れるときが来るだろう。だが、いったいその先何をしたらよいのか、何をすべきかという答えが出ないのだ。

そんなことを考えていると飯が届いた。

鯵は脂《あぶら》が乗っていてうまかった。蜆は旬《しゅん》だから、味噌汁もうまい。飯を三杯お替わりしてやっと人心地ついた。

爪楊枝《つまようじ》をくわえ、表に出たとき、物揚場で騒ぎが起きていた。

立ち止まって眺めると、ひとりの男がひれ伏して許しを請《こ》うている。それなのに、男を取り囲んでいる者たちが罵《ののし》りの声をあげ、拳骨《げんこつ》で殴ったり蹴ったりしている。

官兵衛は眉宇《びう》をひそめると、足早に近づいて声をかけた。

「おい、何を騒いでおるんだ」

ひげ面の男が顔を振り向けて、にらんできた。

「お侍の出る幕じゃねえ。引っ込んでいてくれ」

と、顔を元に戻し、

「だから、謝ってすむことじゃねえといってんだろ！」

と、地面に這《は》いつくばっている男を蹴った。

「やめぬか！」

二

「わかりました。もうご勘弁を……。もう来ませんから許してください」

よってたかって袋だたきにされている男は、泣きの涙で許しを請う。男はうす汚い百姓の身なりだ。官兵衛が割って入っても、男たちはさらに暴行を加えた。

「やめろと言ってんだ！」

官兵衛はたまりかねて、ひとりの男の後ろ襟《えり》をつかんで投げ飛ばし、もうひとりの腕を捻《ひね》りあげた。

「野郎、侍だからって口出し無用だ。ここはおれたちの縄張《シマ》りだ！　仁義を知らねえ野郎への見せしめなんだ！」

鬼瓦《おにがわら》のような四角い顔をした男が、目を剝《む》いて吠《ほ》え立てた。

「何が見せしめだ。黙れッ！」

官兵衛はそのまま鬼瓦の頰桁《ほおげた》を殴りつけた。

「うがッ」

殴られた鬼瓦は、鼻血を噴《ふ》き出しながら二間ほど宙を飛んで倒れた。

「野郎ども、おれが相手だ。文句があるならかかってこい。それともここでバッサリ斬られてあの世へ行きてェか！」

官兵衛が恫喝《どうかつ》すると、男たちは一歩二歩と後ずさり、仲間同士で顔を見合わせた。さっきまでの威勢はその表情から消えていた。

「おい、まだやるか」

官兵衛は、殴られた頬をさすりながら立ちあがった鬼瓦に迫《せま》った。

「くそッ、覚えてやがれ」

鬼瓦は吐き捨てると、仲間に顎《あご》をしゃくって去っていった。それを見て、近くにいた野次馬も離れていく。

官兵衛は、腹を押さえてうずくまっている百姓の手を取って立たせた。

「いったいどうしたんだ？」

「へえ、お助けいただきありがとうございます。あっしがいけないんでございます」

百姓は野良着《のらぎ》の袖《そで》で目ににじんでいる涙をぬぐった。

た。

「へえ、ここは青物市《あおものいち》が立ちます。あっしは誰でも店を出せると思い、取れた野菜を運んできて売っていたんですが、それがいけなかったようです」

たしかに百姓のそばには筵《むしろ》があり、並べられていたらしい野菜が散らばってい

「何がいけないと申す」

「やつらの許しをもらわずに商売をやっていたということか……」

「掟《おきて》を知らなかったんです。知らないあっしが馬鹿でした」

百姓はしょんぼりとうなだれる。着ている野良着はつぎはぎだらけで汚れており、本来の色もあせていた。

「市にもそんな決まりがあるのか？」

「あるところとないところがありますが、市の差配をする人によりけりです。他の百姓は何もいわなかったんですが、誰かがあの人たちに告げ口をしたんでしょう。とんだ災難でした」

百姓はしおたれた顔をして、散らばっている野菜を集めはじめた。いんげんや胡瓜《きゅうり》に茄子《なす》といったものだ。どれもこれも踏みつけられたり、潰されたりしていて売り物にならなくなっていた。

官兵衛はその様子を眺めてから、

「おぬし、名は何というのだ？」

と、百姓に聞いた。

「茂作《もさく》と申しやす」

「どこから来た？」

「請地村《うけじむら》です」

官兵衛は目をしばたたいた。どこにある村かわからない。茂作という百姓は、察したらしく、

「本所《ほんじょ》の先、北十間川《きたじっけんがわ》のそばです。梅屋敷《うめやしき》も近いところにあります」

そう教えられても、ぼんやりとしかわからなかった。

「まあ、いい。その野菜はおれが引き取る。いくらだ？」

茂作は「へっ」と、驚いた顔をした。

「おれが買うといっているのだ。遠慮せず値を申せ」

「あ、いや、もうこんなのは……」

茂作は戸惑い顔で集めた野菜を見た。もうごみの山といってもいいほどだ。

官兵衛は黙って小粒（一分銀）を茂作の懐《ふところ》にねじ込んだ。

「こ、こんなことを……お助けいただいたうえに……」

茂作は涙もろいのか、目をうるませて米搗き飛蝗《こめつきばった》のように頭を下げ、傷みの少ないものを選んでくれた。入れ物がないので、官兵衛は自分の手拭いで包んだ。

さっきの騒ぎで市にやってきた百姓たちは、ほとんど店を畳んで帰っていた。

官兵衛は物揚場の離れで茂作の話を聞いた。

茂作は三十二歳で、女房と子供がいた。村は飢饉のせいで土地が荒れたり痩《や》せたりして、収穫は少ないらしい。それでも年貢《ねんぐ》を払い、暮らしを立てなければならないので大変なのだと語った。

取れた野菜を青物市に出すようになったのは、半年ぐらい前からだが、どこの市も古顔ばかりで、自分の入る余地がなかったらしい。それで神田川《かんだがわ》の上へ上へとやってきて、この日は初めて牛込揚場町で商売をはじめたのだといった。

「まさか、あんなひどいことをされるとは思ってもいませんで……」

茂作は殴られた顎のあたりをさすり、蹴られた腰のあたりもさすった。

「とんだ災難だったな」

「でも、お侍様のおかげで助かりました。改めてお礼を申しあげます。あの、お名前を教えていただけませんか」

「橘官兵衛だ。それにしても市にも縄張りがあるとは知らなかった。あの者たちは、この界隈《かいわい》の地廻《じまわ》りだろう。これからは気をつけることだ」

茂作はぺこぺこ頭を下げて、自分の舟に乗り込んで外堀を下っていった。使っているのは古びた小さな川舟だった。

その舟に乗って去る茂作を見送った官兵衛は、手拭いに包んだ少量の野菜を提げて家に戻ることにした。

帰りも来たとき同様に外堀沿いの道を辿った。堀の流れはほとんどないほどで、ときおり立つさざ波が、日の光をキラキラと弾いていた。

「む、あれは」

と、先のほうを見て立ち止まったのは、四谷塩町《しおちょう》に入る手前の坂道だった。

三

「和尚《おしょう》」

声をかけると相手が振り返って、少し目を見開いた。

「これは橘殿」

栖岸院の住職、隆観だった。小僧の連れがあり、にやけた顔を向けてきた。

「よいところで会いました」

官兵衛は近づきながら言葉を足した。隆観の禿頭《とくとう》が日の光を照り返している。白髪《しらが》交じりの眉を動かし、少し頬をゆるめた。

「何かよいことでもありましたかな」

「ちょいと暇潰しに散策をし、途中で青物市を見つけて売れ残りを買ったのですが、持ち帰っても詮無《せんな》いので、和尚に差しあげましょう」

官兵衛は手拭いで包んだ野菜を小僧に持たせた。

「なに遠慮はいりませぬ。和尚は精進料理しか食さぬでしょう。丁度よいではありませぬか」

官兵衛は普段は砕けた口を利くが、隆観の前ではそうはいかない。隆観が勤める栖岸院は、旗本諸家の香華寺《こうげじ》として知られ、将軍に拝謁《はいえつ》できる独礼《どくれい》の寺格《じかく》をも許されている。

「それはありがたや」

隆観は喜んでいただく、と軽く頭を下げた。

「檀家《だんか》まわりでもしておられましたか」

普段、寺で会うときとちがい、隆観は黒紗《くろしゃ》の法衣《ほうえ》に五条袈裟《ごじょうげさ》に白足袋《しろたび》である。

「加藤摂津守《かとうせっつのかみ》様の宅にて法要をしてまいったところです」

摂津守というぐらいだから、大身旗本か大名の屋敷にでも行ってきたのだろうと、官兵衛は勝手に推測する。

「ところで、この頃暇を持て余していますが、厄介《やっかい》の種はないのですね。いや、ないほうがよいにかぎりますが、しばらく和尚にお目にかかっていないので気になっていたのです」

「気にかけてくださり恐縮です。升屋さんはときどき寺のほうにお見えになりますが、特段の話はありませぬ。まあ、お暇ならいつでも遊びに来てくださいませ。いただいたお野菜はありがたく膳の供《とも》にいたします。では、これにて……」

隆観は数珠《じゅず》を鳴らして合掌《がっしょう》すると、小僧を連れて去っていった。

（野菜がさばけてよかった）

官兵衛はホッと息を吐いた。

野菜は嫌いではないが、好んで食べるほうではない。好みは魚と肉である。おかげで太ってしまったが、そんなことはいっこうに気にしていない。だから、坊主には絶対になれない男だと自覚している。武士のなかには出家して仏門に入る者がいるが、そんな者たちの気が知れない。

隆観が口にした升屋というのは、麴町《こうじまち》五丁目にある大きな呉服問屋《ごふくどんや》である。

正しくは「岩城升屋」と称し、日本橋の越後屋《えちごや》にも引けを取らない間口三十六間の大店《おおだな》である。なにせ町の半分は升屋のもので、十一棟の蔵を持ち、五百余人の奉公人を抱えている。

その升屋の主である九右衛門が、官兵衛たちの後援者であった。そのおかげで官兵衛は暮らしを立てている。

もちろんそれ相応の代償を払わなければならないのではあるが……。

「あら、どちらへお出かけだったのかしら」

長屋に戻ると、先に帰っていた百合がひょいと首をすくめて見てきた。楽な浴衣姿《ゆかたすがた》に着替えており、すぐに濯《すす》ぎの桶《おけ》を運んできた。気の利く女なのだ。

「ちょいとぶらりと歩いてきただけだ。今日はずいぶん早く出かけたが、どこへ行っていたのだ」

「西念寺坂《さいねんじざか》の殿様のお腰を揉《も》んできたの。馬を乗りまわしすぎて、腰がこわばったとまいってたのよ」

西念寺坂は四谷大通りから南へ行ったあたりにある武家地だ。百合は旗本の屋敷に呼ばれたのだろう。

官兵衛はそのあたりのことを深く穿鑿《せんさく》しない。そして、百合も官兵衛のことを穿鑿しない。二人の馬が合うのはそういったところである。

そして、もうひとつ相性のよさが、二人にはある。

官兵衛は若い頃に比べると、ここ一年ほどで急に太った体になったが、百合も大柄な女だ。大きな乳房にくびれのない腰に三段腹。そういえばただの太っちょだろうが、官兵衛にはそれがよいのだ。それに太ってはいるが、葱《ねぎ》のように白い肌は餅《もち》のごとく弾力性があり、ひとたび肌を合わせると吸いついて離れないほどだ。

「暑さはこれからだな。今日は蟬の声を聞いた」

「初蟬ね。わたしも聞いたわ。ほら、いまも鳴いている」

「ああ、ほんとうだ」

胡座をかいて団扇を使う官兵衛は、表を見てから、百合に視線を戻した。浴衣が少しはだけて白い肌がのぞき、豊かな胸の谷間がのぞいている。

「日が暮れる前に少し……」

官兵衛は尻をすって百合に近づく。

「少しって……少しじゃ物足りないくせに」

この辺は相性がいいだけに以心伝心である。

「あんたの考えていることはわかっているんだから」

そういう先から、両肩を動かしてすっと浴衣を落とした。たちまち真昼の光に白い肌と豊満な乳房がさらされた。

「おまえってやつは、だから可愛いのだ」

官兵衛は百合を抱き寄せる。百合は官兵衛の帯を解《ほど》き、着流している小袖を脱《ぬ》がしにかかった。

「楽しんだら、うまいものを食べに行くか……」

「あんたもおいしいわよ」

「そうかい」

「あ、そこはあとで……」

「焦《じ》らすんじゃないよ」

二人は横に倒れて、互いの肌をたしかめはじめた。

表では蟬が鳴きつづけている。

四

夕焼けの空が広がっていた。日没前の光に染められた雲は、朱色であったり橙《だいだい》であったり、あるいは黄色い部分があったりする。雲間から地上に漏れる光の筋が何本もある。雲の向こうの空は群青色《ぐんじょういろ》だ。

そんな空を眺めていた八雲兼四郎は、

「さあ、はじめるか」

と、気合いを入れるように前垂れをつけた帯をぽんとたたいて、暖簾《のれん》を掛けた。

藍色《あいいろ》の暖簾には「いろは屋」という文字が染め抜かれている。

間口一間、奥行き三間の小さな飯屋だ。土間席に幅広縁台《えんだい》が置かれており、八人も客が入れば、それでいっぱいになる。品書きは、

「めし　干物　酒」――それだけである。

だが、店主の兼四郎の気紛れで、日によっては特製の肴《さかな》を出すときがある。刺身であったり、煮物であったりだ。

常連客はそのことを知っているから、「今日は何があるんだい？」と、口を揃

えて聞くようになっている。

客はいつしか兼四郎のことを「大将」と呼ぶようになっているが、いったい誰がそう呼びはじめたのかは不明だった。

土間席の縁台に煙草盆《たばこぼん》を置き、笊《ざる》に盛った猪口《ちょこ》を置く。柱には竹製の一輪挿《いちりんざ》しがあり、紫色の桔梗《ききょう》が入れてあった。昨日、常連のひとりである寿々《すず》が持ってきてくれたものだ。しかし、明日までは持たないだろう。少し萎《しお》れかけている。

表がうす暗くなってきたので、軒行灯《のきあんどん》に火を入れた。半開きにした腰高障子《こしだかしょうじ》が仄明《ほのあ》かりに染められる。

口開けの客は寿々であることが多い。それも日の暮れる前に来るのが常だ。しかし、その日は表が暗くなっても下駄音《げたおと》も草履《ぞうり》の音もしない。

大工の松太郎《まつたろう》や辰吉《たつきち》も姿を見せない。畳職人の元助《げんすけ》もこなければ、紙売りの順次《じゅんじ》も姿を見せない。

暇を持て余す兼四郎は、表に出て路地口をしばらく眺めた。店は表通りから脇に入った路地にあるので、人通りはさほど多くない。商売には不利な場所だが、兼四郎は大きく儲《もう》けようという気はないし、自分の身の丈《たけ》に合っている店だと思っている。

そもそも店を開くまで料理など作ったことはなかったし、燗《かん》のつけ方もあやしいものだった。

床几《しょうぎ》に腰掛けて煙草を喫《の》みながら客を待つが、誰もやってこない。

「……暇だな」

思わず独り言をつぶやいた。

コンと床几の縁に煙管《きせる》を打ちつけ、灰を落とした。

店を開けて半刻（約一時間）はたったただろうか。まさか、今日も休んでいると思っているのではないだろうなと、客のことを考える。兼四郎はときどき店を休むことがある。それも〝仕事〟によりけりで、五日や八日になることもある。

〝仕事〟は栖岸院の住持の隆観や、升屋の主、九右衛門からもたらされる。かかる費用は九右衛門持ちで、じつはそちらの収入が店の売り上げより多い。

ぼんやりと客を待っていると、表からにぎやかな声が聞こえてきた。おっかないとか、死人が出なくてよかったなどと、何やら物騒なことを話している。

「よお、大将。大騒ぎだぜ」

いきなりそんなことを言いながら入ってきたのは、大工の松太郎だった。ギョロ目を普段より大きくして、どっかりと縁台に座った。

「いやいや、ヒヤヒヤしたぜ」

そういって松太郎の隣に座るのは、同じ大工の辰吉だ。

「何かあったのかい？」

兼四郎は板場に入ってから聞いた。板場から客席が見えるように四角い小窓があり、料理をそこから出せるようにもなっている。

「浪人同士の斬り合いだよ。それもすげえ斬り合いでな。こりゃあどっちかが斬られて死んじまうだろうと思っていたら、そうはならなかった」

松太郎は短い足を組んでいう。

「おれは血が噴き出たときは、こりゃあ勝負ありだなと思ったが……」

「おれもそう思ったよ。ところがあんなに血を噴き出しても人ってのはなかなか死なねえもんだな」

「どういうことだ？」

兼四郎は意味がわからず、二人に問う。

「その前に酒だ。喉がからからなんだ。冷やでいいぜ、冷やで」

松太郎の注文を受けた兼四郎は、一合枡《いちごうます》にたっぷり酒をついで、二人の席に運んでいった。松太郎も辰吉もまずはその酒に口をつけてから、浪人同士の斬り合いのことを話した。

　ことは麴町四丁目にある〈丹波屋《たんばや》〉という鰻屋《うなぎや》の前で起きていた。どういう経緯で喧嘩《けんか》になったのかわからないが、互いに刀を抜き合って激しく動きまわり、火花を散らしていたという。

「ひとりはひげ面の大男だ。その相手は色白の痩せ浪人でな。大男がビュンと刀を振れば、痩せ浪人はひょいとかわして突きを見舞い、大男は地を蹴って跳び上がり、上段からの唐竹割《からたけわ》りだ。だが、痩せ浪人は身が軽くて、それもさっとかわす」

「かわしはするが、袖を切られていたり、肩口を斬られていたりだ」

　辰吉が松太郎の話をついで話す。

「だが、ありゃあかすり傷だ。鰻屋の前で斬り合いははじまったが、そのうち〈おてつ〉のそばへ移って、地に転んでつかみ合いになった。片手で持った刀で斬ろうとするが、どっちもどっちでなかなか斬ることができねえ。おれは誰か止めに入らなきゃ死人が出ると心配になっていたが、誰も止める者はいねえ」

　おてつとは、麴町三丁目の端にある菓子屋《かしや》だ。

「あんな喧嘩は止められたもんじゃねえさ。止めに入ったら逆に斬られるってこともあるからな」

「それでどうなったのだ?」

兼四郎は結末を知りたくて話に割って入った。

「大男が痩せ浪人に斬られたんだよ。この肩口のあたりをよ。血がぴゅうーっと噴き出して、てっきり死んじまうかと思ったら、そうじゃねえ。二人とも地に転んだりしているから、汗まみれで、着物は泥で汚れているし、ぜえぜえと肩を動かして、口から涎《よだれ》を垂らしながらにらみ合いだ。それがしばらくつづいたんだが、斬られた大男がこれまでにしておいてやると、刀を引いた。痩せ浪人も、あわかった、といって刀を下ろし、それで二人並んで四谷のほうに歩いて行った」

「あれには拍子《ひょうし》抜《ぬ》けしたが……」

辰吉が酒を嘗《な》めていう。

「死人が出なくてよかったじゃねえか。しかし、野次馬が多かっただろう」

兼四郎は騒ぎを想像しながら二人を眺める。

「とんだ見世物だったよ。野次馬ってもんじゃねえ。黒山の人だかりさ。しかし、あんな斬り合いをして最後は仲直りだ」

「仲直りしたのかどうかはわからねえが、まあ引き分けってことかな」

辰吉がひょいと首をすくめて酒を飲む。

そこへ新たな足音がして、店の戸口にしがみついた男がいた。

「大変だ、大変だ」

五

血相変えてやってきたのは、畳職人の元助だった。

「何が大変なんだ？」

松太郎が聞くと、

「ひ、ひ、人が倒れてるんだ。血だらけでよ」

と、元助は声をふるわせていう。

「なんだって」

松太郎が立ちあがるのと同時、兼四郎は板場を出た。

「どこに倒れているんだ？」

兼四郎が聞いた。

「この店に入る路地のすぐ先だよ。提灯《ちょうちん》で照らしたら、血だらけなんだ」

「死んでんのか？」

辰吉が聞いたが、元助はわからないと首を振る。

「とにかく行ってみよう」

兼四郎は前垂れを外して店を出た。

路地の途中に、元助が落としたらしい提灯があった。さいわい火が消えていないので、兼四郎はそれを拾って表の通りに出た。

と、すぐそばにたしかに人が倒れていた。

「おい、大丈夫か？」

提灯をかざして見ると、男は血だらけの顔をしていた。息をしているので、死んではいない。

「おい、どうしたんだ？」

兼四郎は顔をのぞき込んで、肩を揺すってみた。

「く、苦しい……み、水を……」

男はうめくような声を漏らした。

「松っつぁん、提灯を持ってくれ、店に運ぶ」

「番屋に届けたほうがいいんじゃねえか」

「それはあとだ」

兼四郎は男の脇に腕を入れて立たせると、背中に負ぶって店に連れ帰った。

「生きていたんだ」

元助がほっとしたような声を漏らして、血だらけの男を見た。

男は三十前後と思われた。股引《ももひき》に小袖を尻端折《しりはしょ》りしている。行商か職人のようだ。

兼四郎は水を飲ませ、血を拭き取ってやった。顔が血だらけになっていたのは、頭を怪我しているからだった。

「大丈夫か？」

男は水を飲んだことで気を取り戻した。

「ご親切申しわけありません」

「そんなことはいいが、どうしたのだ？」

男は大きく息を吐きだし、唾《つば》を呑んでからそこにいるみんなを眺めた。

「ここは、どこです？」

「おれの店だ。心配はいらねえ」

「ああ、よかった。あっしは浜蔵《はまぞう》といいます。お助けいただきありがとう存じます。もう大丈夫ですから、どうかおかまいなく……」

浜蔵と名乗った男は、そのまま立ちあがって店を出て行こうとする。

「おいおい、待て待て、いったい何があったんだ?」

松太郎が浜蔵の袖をつかんで引き止めた。

「なんでもありません。知らない男に絡まれただけです。ご心配おかけしました」

浜蔵はぺこりと頭を下げ、そのまま店を出ていった。

兼四郎は松太郎たちと顔を見合わせた。みんなあきれ顔をしている。

「親切に助けてやったってェのに……なんだあの野郎」

松太郎が憤慨《ふんがい》した顔で酒を飲んだ。

そのとき表でものが倒れる音がした。兼四郎は浜蔵が倒れたと思ったが、店を出てみると、案の定そうであった。浜蔵は足を投げだし、塀にもたれていた。

「おい、無理はいけねえな。もう少し店で休んでいけ」

兼四郎がしゃがんでいうと、浜蔵はとろんとした目を向けて、

「何だかふりゃふりゃ、するんです」

と、呂律《ろれつ》があやしい。

「いいから店で休むんだ。おめえさんは頭を何かで殴られでもしたんだろう。まだ血が止まっていないんだ。立てるか？」

浜蔵は何とか立ちあがり、兼四郎は肩を貸してやった。

店に連れ戻すと、頭の傷の手当てをしてやり、縁台の隅に横にならせた。浜蔵はそのまま目を閉じて静かにしていたが、いつしか寝息を立てはじめた。

「世話の焼ける野郎だ」

松太郎があきれ顔で浜蔵を眺める。

「大将、どうするんだ。このまま寝かせておくのか」

辰吉が聞いてくる。

「起きたら事情《わけ》を聞いて、家まで送り届けてやる。頭を怪我しているから、しばらく寝かせておいたほうがいいだろう」

「大将も人がいいねえ。何だか酒を飲む気分じゃなくなったな。おりゃあ先に帰るわ」

浜蔵を見つけた元助は、そういって店を出て行った。

「おれも何だか酔えなくなっちまったよ。斬り合いのあとで、こんな面倒な野郎があらわれたんじゃ、酒もまずくなっちまう。おう辰公、おれも帰るわ。大将、勘定《かんじょう》だ」

「なんだよ。それじゃおれも帰るよ」

辰吉も勘定だという。

兼四郎は松太郎と辰吉を送り出してから、寝ている浜蔵を眺めた。まだ起こすのは早いだろうと思い、片づけにかかった。

浜蔵が目を覚ましたのは、兼四郎が暖簾をしまって軒行灯の灯りを消したときだった。

「気分はどうだ？」

「へえ、だいぶよくなりました」

「家はどこだ。送って行ってやるよ」

「いいえ、それには及びません」

兼四郎は困り顔をして、襲った相手のことは覚えていないのかと聞いた。

「わからないんです」

「番屋に届けておくか。そのほうがいいだろう」

「それは困ります。あっしはもう大丈夫ですから、ほんとうにご心配なく」

浜蔵はそういって立ちあがった。

だが、またふらりと体を揺らして倒れそうになった。兼四郎がとっさに手を伸ばしたので倒れずにすんだが、浜蔵はやはりつらそうである。

「しょうがないな。もう少し休んでいろ」

兼四郎はまた浜蔵を寝かして、しばらく付きあうことにした。

独り酒を飲みながら、ときどき浜蔵を眺める。そうやって小半刻（約三十分）ほどたったときに、

「殺されるかもしれないんです」

と、浜蔵がぽつりとつぶやいた。

六

「殺されるって、どういうことだ？」

兼四郎は浜蔵の顔をじっと見つめた。浜蔵は話していいものかどうか迷っている。

「おれは他には漏らさない。殺されるなんてただ事ではないだろう」

浜蔵は躊躇《ためら》いながら兼四郎を見たり、腰高障子を見たりした。

「いったって、あんたが助けてくれるわけじゃないでしょう。それにやつはあっ

しが死んだと思っているはずです」

「やつというのは誰だ？　おまえを殴ったやつか」

浜蔵はそうだというように小さく顎を引いた。浅黒い顔に大きな鼻、厚い唇に気丈そうな目つき。

隙間風が入ってきて、燭台《しょくだい》の炎を揺らした。

「世話になったからあんたにはいうが、ここだけの話にしてくれますか」

「約束する」

「あっしは渡り中間《ちゅうげん》で、二年前から滝澤新九郎《たきざわしんくろう》様という旗本に仕えていたんです。滝澤様は御書院番《ごしょいんばん》の組頭《くみがしら》を務めておられましたが、駿府在番《すんぷざいばん》のときに番頭《ばんがしら》様に斬りつけるという刃傷《にんじょう》を起こされたのです。何故そんなことになったのかわかりませんが、そのために滝澤様はお家断絶になりました。こんなことをあんたにいってもわからないでしょうが……」

つまり、滝澤新九郎は改易になったということである。

「話してくれ。それで……」

「家屋敷はお取りあげ、侍の身分も奪われました」

当然であろう。

「それで行き場を失われたのですが、殿様は柳島村《やなぎしまむら》に移られたのです。村は御《ご》料所《りょうしょ》（幕府領）なのですが、殿様はいっこうに気にされる様子もなく、ここを安住の地にするとおっしゃいます。屋敷はありませんので百姓の家を横取りして住まわれているのですが、殿様は人が変わられたのです」

滝澤様から殿様になったが、浜蔵はそちらのほうが呼びやすいのだろう。

「滝澤という殿様は、いや、もう殿様ではないだろう。ま、それはいい。それでその殿様は百姓の家を乗っ取って住んでいるんだな」

「さようで」

「おまえもその家に連れて行かれたのだな」

「へえ、そうです。ですが、人が変わった殿様はやりたい放題。他人のことなど考えずに暴虐《ぼうぎゃく》非道《ひどう》となりました。改易になって心を乱されたというのはわかりますが、あっしはもうついていけなくなったので、逃げ出したのです。給金ももらえませんでしたし……」

浜蔵は情けなさそうに眉尻を下げる。

「すると、殿様の家来におまえは追われていたのか……」

「そういうことです。同じ中間です。まさか追われているとは知らなかったのですが、今日の昼間、四谷を歩いているときに見つかり、それで逃げていたんですが……」

見つかって襲われたということである。

「しかし、なぜ中間のおまえを追わなきゃならないんだ。滝澤新九郎は元は旗本だろうが、いまはただの浪人と同じだろう。稼ぎもないだろうから、奉公人が減れば助かるんじゃねえのかい」

浜蔵は「それはちがう」という顔で、首を振った。

「飢饉のせいで村の百姓たちは苦しい暮らしをしています。そんな百姓たちから大事な米や青物を取りあげ、村の娘を家に呼び込んでは玩《もてあそ》び、ときには岡場所《おかばしょ》に売るという女衒《ぜげん》めいたこともされます。あっしらが何かものを申そうものなら、烈火《れっか》の勢いで罵られ、打たれます。逆らう素振りを見せれば、これまた笞《むち》たきです。逃げたらそのときが、きさまたちの死ぬときだと脅《おど》されているので、誰もあの家から出ることができないのです」

「その家にいるのは滝澤新九郎だけか？」

浜蔵はまた首を横に振った。

「ずっと殿様に仕えていた家士《かし》が三人、中間が二人、女中が二人います。女中は殿様が勝手に連れ込んだ村の娘です」

「滝澤には妻や子があったんじゃないのか。それはどうなったんだ？」

「改易になられたとき、奥様と子供は、奥様のご実家に引き取られたのです」

兼四郎は大きなため息をついた。

話を聞いているうちに腹が立ってきた。滝澤新九郎はとんだ悪党である。

「おまえを襲ったのは、同じ中間だったのだな」

「清次《せいじ》という男です。やつは殿様と家士が怖いので逃げられないんです。逃げたらほんとうに殺されると思っています。そのくせ残忍で、殿様に忠節を誓っているふりをして、誰々を殺せと命じられたら、平気で殺しかねない男です」

「さっき、清次はおまえが死んだと思っているといわなかったか……」

「へえ、思い切り殴りつけられたとき、あっしはそのまま倒れたんです。でも、まだ気は失っていませんでした。やつはそんなあっしを見下ろして、死んだか、と小さな声を漏らして歩き去りました。だから、あっしが死んだと思っているはずです。でも、もし見つかれば、今度こそ殺されかねません」

「そういうことだったか……まあ、だいたいわかったが、おまえはこれからどうするつもりなんだ？」

「江戸を離れて相州《そうしゅう》へ行こうと思っています。親戚がいるんです。親戚といっても遠い親戚なので、頼りにしてよいものかどうかわかりませんが、江戸にいるよりは安心できますから」

兼四郎は腕を組んで短く考えた。何だか放っておけなくなった。明日にでも升屋九右衛門に相談してみようかと思った。

「それで、今夜はどうするんだ？　この刻限に旅籠《はたご》なんて開いていないぞ。知り合いでも頼るのか？」

聞かれた浜蔵はうつむいたが、やがて顔をあげて兼四郎をまっすぐ見た。

「厚かましいお願いですが、明日の朝までここで休ませてもらえませんか」

兼四郎は鼻をこすりながら短く考えて、

「こんなところじゃ体は休まらねえだろう。まあいい。おれの家に来な。狭いがおまえひとりぐらいならなんとでもなる」

それから小半刻後、兼四郎の自宅長屋に入った浜蔵は、不思議そうに目をしばたたいた。

「あんた、ひょっとして侍なのですか……」

壁の着物と羽織《はおり》、それから大小に気づいたのだ。

「暮らしが立たぬから飯屋をやっているだけだ。ときどき別の仕事も請け負ってはいるが、それは店の客にはないしょにしている」

兼四郎は侍言葉になっていった。明日、浜蔵は相州へ旅立つのだから、おのれのことを話しても問題はないはずだ。

「そういうお方だったのですか……。あの、別の仕事とおっしゃいましたが……」

「それはいえぬ。だが、人の道から外れたことではない」

兼四郎はふっと口の端に笑みを浮かべた。

七

翌朝、兼四郎は四谷御門の外まで浜蔵を見送っていった。

「もう、ここで結構です。八雲様にはすっかりお世話になりました。まさか、飯屋の主人がお侍だったなどと思いもしないことでしたが、よい方に巡り会えて救われました」

「運不運も人生だろうが、幸運を祈るばかりだ。頭の痛みは引いたか？」

「へえ、もうすっかりようございます。お世話になりました」

浜蔵は深くお辞儀をして礼をいう。

「待て待て」

兼四郎はそのまま行きそうになった浜蔵を引き止めた。

「路銀もないであろう。相州までは二日はかかるはずだ」

兼四郎は前もって用意していた心付けをわたした。

「いえ、こんなことは……」

「浪人とはいえ、おれも武士の端くれ。一度出したものは受け取らぬ。遠慮するな」

「こんなことまで……」

浜蔵は感激したのか、手わたされた懐紙で包まれた金をぎゅっとにぎり、目をうるませた。

「このご恩、一生忘れません。八雲様、ありがとうございました」

いったとたん、浜蔵の目から一筋の涙が頬をつたった。兼四郎は笑みを浮かべて、

「達者でな」

と、いった。

「はい、八雲様もどうかお達者で。ありがとうございます」

もう一度深く礼をした浜蔵は、片腕で目をしごき、今度こそ歩き去った。

兼四郎はその後ろ姿をしばらく見送ってから、きびすを返した。楽な着流し姿で大小は帯びていなかった。手ぶらなので暇な町人にしか見えない身なりだ。

麴町の通りをそのまま歩く。どの商家も大戸を開け商売をはじめていた。蟬の声がどこからともなく聞こえてきて、涼やかな風鈴の音も流れてくる。

空には大きな入道雲《にゅうどうぐも》がそそり立っていた。

兼四郎は麴町五丁目まで来ると足を止めた。岩城升屋の正面である。あらためて眺めるとやはり大きな呉服木綿問屋だと思わずにはいられない。

何しろ間口三十六間もあるのだ。看板には日本橋の越後屋と同じように「現金掛け値なし」とあり、立派な屋根看板が夏の日に輝いている。

兼四郎は店の裏にまわり、裏木戸から出てきた女中に声をかけた。

「相すまぬが、主の九右衛門殿に取り次いでもらえぬか。八雲兼四郎が会いに来ていると」

女中は一瞬きょとんとしていたが、

「八雲様ですね」

と、つぶやいてから店のなかに消えた。待つほどもなく女中は戻ってきて、

「旦那様がどうぞお入りになってくださいとおっしゃっています。こちらです」

兼四郎は女中の案内を受けて、店の奥に通された。

見事な築山《つきやま》の見える座敷で九右衛門は待っていた。

「嬉しゅうございますねえ。しばらくお目にかかっていなかったので、気になっていたのでございます。でも、変わりなくお元気そうで何よりです」

九右衛門はゆで卵のようにつるんとした顔をほころばせて兼四郎を見る。

「升屋も変わりないようで何よりだ。忙しいであろうから、手短に話をする」

そこへ女中が茶を運んできたので、兼四郎は口をつぐんだ。茶には菓子も添えられている。女中が去ると、兼四郎は茶に口をつけた。

「いったいどんなお話でしょう？」

「うむ、じつは昨夜、わたしの店のそばで血だらけになって倒れている男がいた。放っておけないので手当てをしてやったのだが、その男の話したことが聞き捨てならぬのだ」

兼四郎は昨夜、浜蔵から聞いたことを詳しく話した。

話を進めるうちに九右衛門の表情が次第に曇《くも》っていった。じつは九右衛門は悪

党に対する憎悪が強い。

数年前、賊《ぞく》に入られ、七人の奉公人を殺されたうえ、八百両を盗まれたという苦い経験があるからである。

以来悪事をはたらく者たちに対する憎悪が強く、法の目をかいくぐる悪党らに天罰を与えたいと考えている。

人の道を踏み外す者のことを知り、それが町奉行所や火付盗賊改方《ひつけとうぞくあらためかた》で手に負えないとわかれば、自ら組織した者たちを動かして懲《こ》らしめることにしている。

その組織というのが、勝手に名付けた「浪人奉行」である。その浪人奉行がまさしく兼四郎なのだ。もちろんひとりで動くわけではない。助っ人には橘官兵衛もいるし、北町奉行所の同心の小者を務めていた定次《さだじ》も手伝ってくれる。

「それはたしかに聞き捨てなりませんな。しかし、ほんとうにさようなことが……」

「浜蔵がわたしに出鱈目《でたらめ》を話したとは思えぬ。現に殺されかかっていたのだ。しかも、滝澤新九郎なる男は、柳島村にいる」

向島のその辺りは、町奉行所の管轄区域外である。

「いかがいたしましょうか……」

九右衛門は思案顔をして短く視線を泳がせた。蟬たちが庭の木々で鳴いている。風に吹かれる風鈴が、ちりんちりんと鳴った。

「滝澤新九郎なる方は元御書院番の組頭だとおっしゃいましたね」

「うむ」

「では、ほんとうにそんな方がいたかどうか、まずはそのことをたしかめたらいかがでしょう」

「もっともなことだ」

滝澤新九郎を調べるのは、兼四郎にできることではない。これは栖岸院の隆観に頼むしかない。

「もし、話がほんとうであれば、動いていただけますね」

「そのための相談に来たのだ。だからといって探索の費《つい》えをねだりに来たのではない」

「そんなことは微塵《みじん》も思っていません。まことの話であれば、いつもどおり入り用なだけのものを用立てます」

それは〝仕事〟への対価である。報酬は一件につき二十両。三日で片づこうが半月かかろうが同じである。もちろんその他の費用は別だ。

「では、これより和尚に会って話をしてこよう」

「それでしたら、わたしもごいっしょに……」

八

栖岸院は蟬時雨《せみしぐれ》に包まれていた。

兼四郎がはじめてこの寺を訪れたのは、天明二年（一七八二）に死去した長尾《ながお》勘右衛門《かんえもん》の墓参りに来たときである。

勘右衛門は長尾道場の主で、兼四郎はその師のもとで剣技を磨き〝無敵の男〟と呼ばれるようになった。裏町の飯屋の主に収まったのには、それなりの事情があるが、これは第一巻に詳しいので省く。

栖岸院は旗本諸家の香華寺として有名である。また、特別な寺格があり、住持の隆観は幕府重臣らとの付き合いも広い。元御書院番の組頭なら造作なく調べられるはずだ。

御書院番は幕府番方《ばんかた》で、小姓組番《こしょうぐみばん》とともに両番と呼ばれる。五つある番方のなかでは格が高く、さらなる重臣への出世の叶う役職だ。

滝澤新九郎は組頭だったというから、出世頭だったはずである。組頭は役高《やくだか》一千石、菊之間南御襖際詰《きくのまみなみおんふすまぎわづ》めの重役である。

そんな男が常軌《じょうき》を逸《いっ》して、上役である番頭に斬りつけた。いったい何があったのか、それは推量できないが、とにもかくにも隆観に調べを頼むしかない。

母屋《おもや》の座敷で隆観と対座すると、

「昨日でしたかな、橘殿にばったり会い申した。何やらのんびりと散策をしておられ、野菜の土産を頂戴いたした」

と、そんな話をした。

「官兵衛に……元気そうでございましたか？」

「また肉付きがよくなられたようじゃった」

隆観は白髪交じりの眉を下げて微笑む。耳の穴からぼそっと毛が出ている。切らないのだろうかと、兼四郎はいつも思うが黙っている。

「あれはよく太る男です。それより、話をしなければなりませぬ。升屋にはすでに話しましたが、かつて御書院番の組頭を務めた旗本がよからぬことをやっているようなのです」

「ほう、それは……」

隆観はゆっくり扇子《せんす》をあおぎながら、兼四郎の話に耳を傾けた。

柔和な顔が曇っていくのは、升屋に話したときと同じだった。じつは兼四郎がただ者の侍ではないと見破ったのは隆観で、また「浪人奉行」という架空の役職をつけたのも隆観であった。

しかし、ただの僧侶ではない。人の心を読み解き、その真髄《しんずい》を探りあてる慧眼《けいがん》の持ち主だ。

「その浜蔵なる男の申したことが嘘でなければ、黙ってはおれぬな」

兼四郎の話を聞き終えた隆観は、ぱちんと扇子を閉じて口を開いた。

「ここはご住職のお力を拝借し、まずは滝澤新九郎なる人がまことに御書院番にいらしたかどうかお調べ願いたいのですが……」

九右衛門が兼四郎のいいたいことを代弁した。

「話はよくわかり申した。しかし、今日の明日とはいくまい。二、三日待たれよ」

「承知です」

兼四郎は慇懃《いんぎん》に答えた。

第二章　請地村《うけじむら》

一

「茶でも飲んでまいるか」

滝澤新九郎は急に立ち止まってつぶやいた。

そこは亀戸天神《かめいどてんじん》から約三町ほど離れている梅屋敷の前だった。春先の梅の時季になると、江戸市中から行楽客が集まる景勝地《けいしょうち》である。

「梅で有名なのは知っておりますが、いまはその時季ではありませぬよ」

口を出してきたのは大倉忠三郎《おおくらちゅうざぶろう》という家来だった。新九郎の屋敷の家士として十年以上仕えている。

「わかっておる。様子を見たいのだ。ついてまいれ」

新九郎はそのまま梅屋敷の門をくぐった。行楽客らしき人の姿はない。梅屋敷とは通称で、本所の呉服商、伊勢屋喜右衛門《いせやきえもん》の別荘である。しかし、敷地内にある約三百本の梅と、まさに竜が地を這うような形状をした梅の古木が有名であった。これを臥竜梅《がりゅうばい》と呼ぶ。名付けたのは、その梅の噂を聞いて訪れた水戸光圀公《みとみつくにこう》だった。

屋敷内には茶店があり、収穫の終わった梅の木が青々とした葉を茂らせていた。

使用人らしき男たちが、草むしりをしていた。その男たちが新九郎たちに気づき、作業の手を止めて見てきた。

新九郎は野袴《のばかま》に打裂羽織《ぶっさきばおり》、手甲脚絆《てっこうきゃはん》に菅笠《すげがさ》というなりだ。連れている大倉忠三郎と西馬場左之助《にしばばさのすけ》という家士も同じような身なりだ。もうひとり乙助《おとすけ》という中間がいるが、これは股引に小袖を端折り、荷物を持っていた。

「精が出るな。ご苦労である」

新九郎はまるでその屋敷の主人のように声をかけた。作業をしていた者たちは、その威厳に畏怖《いふ》したのか、小さく頭を下げる。

「茶店があると聞いておるが、どこにある？」

新九郎が問うと、ひとりの男が汚れた手を股引にこすりつけて立ちあがった。

「いまはやっておりません。梅の時季でないと開けないのです」

「主はおるか？」

新九郎は立派な百姓家を眺めた。茅葺《かやぶ》きの平屋。家屋は五十坪ほどだろうか。風を通すため、戸口も縁側の雨戸も開け放されていた。

「いえ、いらっしゃいません」

新九郎はふむと、うなずいただけだ。主の喜右衛門が呉服商だというのは知っている。それにここは別荘だ。普段の住まいでないのはわかっている。

「見物させてもらうぞ」

使用人たちは何もいわずに作業に戻った。

茶店らしき建物が南側にあった。腰掛けが置かれていたので、新九郎はそこに座った。

「ここの梅は世継ぎの梅とも称するそうだ。八代（吉宗《よしむね》）様がそう名付けられたと耳にしている」

「殿は何でもご存じで……」

大倉忠三郎がそばに立ったまま応じた。

「一度は来てみたかった所である。せっかく近くに住まうようになったのだ。これなら梅の頃に来るべきであったか……」

新九郎は色の黒い馬面のなかにある目を細める。ここはよいところだと思いもする。できれば、ここに住みたいとも。

しかし、所有者は名のある商人だし、梅屋敷は幕閣にもよく知られている。下手に手を出すことはできない。

「来年の梅の頃に来てみるか」

新九郎は内心の思いをつぶやき、そのまま立ちあがった。

「どちらへおいでになります？」

そう聞いた大倉忠三郎を、新九郎は厳しくにらんだ。

主人にいちいち聞いてくるな、黙ってついてくればよいのだ。そういってやろうと思ったが、喉元で抑えた。

以前ならそんな気安い言葉などかけてこなかったが、この頃は図に乗っているのかもしれぬと、内心で腹を立てる。腹が立つのは忠三郎より、おのれの不甲斐《ふがい》なさに対してであった。まさか、失墜《しっつい》するとは思いもしないことだった。

だが、そのまさかが自分の身に降りかかった。番頭の林《はやし》佐渡守《さどのかみ》に斬りつけたからである。

あそこで堪忍袋《かんにんぶくろ》の緒さえ切らずに忍従《にんじゅう》しておれば、栄達《えいたつ》の道が拓《ひら》かれたかもしれないと思っている。

されど我慢ならなかった。佐渡守は陰口をたたき、足を引っ張るようなことを吹聴《ふいちょう》したのだ。それもありもしないことを、である。

それまで新九郎は佐渡守に、立派な上役だと畏敬《いけい》の念を払いつづけていた。むろん、その奥底にはこの人をいずれは追い抜き、上に立つという思いを抱いてはいたが、それだけに裏切られたという思いから、怒りが頂点に達したのだ。

苦々しい思いを抱きながら歩いていると、いつしか亀戸村の外れにある常光《じょうこう》寺《じ》門前まで来ていた。横を流れるのは北十間川で、まもなく中川《なかがわ》につながるところであった。

まわりは見渡すかぎりの百姓地。青田が広がってはいるが、稲の成長は例年に比べて遅いと聞く。野良仕事をしている百姓の姿もあまり見かけない。それでも稲作りはちゃんと行われている。

水田の他に畑もある。西瓜《すいか》や南瓜《かぼちゃ》や茄子などを見ることができるが、それも収穫量は少ないらしい。百姓らがそういうから、そうなのだろう。

「向こう岸にわたりたい」

新九郎はふと思いついて、北十間川の北を見た。そちらも亀戸村で青田が広がり、風に吹かれる稲が波のように揺れ動いていた。

「橋はありませぬ」

またもや大倉忠三郎だった。

馬鹿か、と怒鳴りたくなった。そんなことをいう前に、橋を見つけるか、いかにしてわたるかを考えるのが忠実な家来の役目である。何も考えず、能天気に答える忠三郎に腹が立ったが、我慢する。

忠三郎は剣術指南役として雇った男だった。一刀流《いっとうりゅう》の練達者である。年は新九郎より三つ上だ。武芸に関しては忠三郎の指導に従うが、他のことには頭のまわらぬ男だ。

（まあ、それでもよい。いまは力が大切だ……）

もうひとりの家来である西馬場左之助は、忠三郎の弟子で、これも剣術の腕がある。頭は悪いが、忠実な家来であった。

「わたれるよう工夫せよ」

「そうおっしゃられても……」

忠三郎は赤鬼のような仁王顔《におうがお》に困窮《こんきゅう》の色を浮かべる。

「わたしが聞いてまいります」

そういって駆けだしたのは、中間の乙助だった。一方の田で草取りをしている百姓がいた。その百姓に聞きに行ったのだ。

「気の利く男だ。機転を利かせるのは肝要、肝要」

新九郎がこれ見よがしの嫌みたらしい言葉を吐くと、忠三郎は渋面《じゅうめん》になった。

「殿、あれは……」

西馬場左之助が川の向こうを指さした。

新九郎はそちらを見て、目を厳しくした。五、六人の男たちが、川向こうに広がる水田の畦道を西へ向かっていた。

菅笠を被っている者もいれば、被っていない者もいる。遠目ではあるが無宿の浪人だとわかった。

「あやつらと話をしなければならぬ」

新九郎はくっと口を引き結んで、菅笠の陰になっている双眸《そうぼう》を厳しくした。

二

橘官兵衛は吾妻橋《あづまばし》をわたっていた。初夏の日射しはだんだん強くなり、下を流れる大川《おおかわ》はきらきらと輝いている。その川を筏舟《いかだぶね》が気持ちよさそうに下っていった。

官兵衛は欄干《らんかん》に手をついて、筏舟をぼんやりと見送った。

今朝、初めて百合と口論した。

なんでも許してくれ、いうことをはいはいと文句ひとついわずに聞き、そして気配りもよく、何より床での相性は抜群である。そんな女が、官兵衛のいい出したことに異を唱えたので、口論というほどでもないが、少し言い合いになってしまったのである。

「あんたに勤まるかねえ」

百姓になってみようと思うと、官兵衛がいったときだった。

「やってみなければわからぬだろう」

「百姓だよ。畑仕事やったことあるのかい？　土いじりもできない人がいきなり百姓になるといっても無理よ」

「端から何でも無理だと思わぬことだ。やってできぬことはない。なんでもそうだ。頭ごなしに、できないと決めつけたら、何もできぬだろう」

官兵衛はもともと感情の起伏が激しい。体と同じように鷹揚な百合と同じ屋根の下に住むようになって、その気性がやわらいでいたが、百合に反対されたことに腹を立てた。

「あんた、そんなムキになっていわないでおくれよ。わたしは心配しているだけよ」

百合はひょいと太い首をすくめた。

「だが、考えたのだ。このままの暮らしをいつまでもつづけてはいられぬはずだ。おれはれっきとした武士の生まれではあるが、いまさら未練などない。いまは剣術で身を立てることなどできぬ世の中。戦国の世とちがい、刀を振りまわして出世のできる浮き世ではないのだ。だからといって商人になるつもりはない。まあ、大工のような職人なら考えてもよいが……結句《けっく》、顎で人に使われることになる。百姓ならおのれの才覚で、野を開き、田や畑を耕《たがや》し、米や麦や野菜を作れる。出来不出来はあろうが、それはすべておのれのせいであろう」

「まあ、そうでしょうけど、百姓になるといっても、その手ほどきをしてくれる人が必要なんじゃないの。米だって芋《いも》だって、その辺の土に種をまけば勝手にできるってもんじゃないんだよ。土作り、田の耕し方だってあるはずじゃないのさ」

「おれが百姓になるのがいやか」

きっとした目でにらむと、百合は二重顎を指先で撫《な》で、視線を短く彷徨《さまよ》わせた。

「おまえには世話になっているし、いい思いもさせてもらっている。されど、いつまでもおまえに甘えているわけにはいかぬのだ」

「わたし……」

「なんだ？」

「甘えられたって、わたしは平気よ。だってあんたとは相性がいいんだからさ」

百合はけろっとした顔でいった。人を包み込む笑みさえ浮かべた。その顔を見ると、官兵衛はもうそれ以上の言葉を重ねられなくなった。

「どうしてもあんたがしたいんなら、やってみればいいんじゃないの。だけど、百姓指南をしてくれる人はいるのかい？」

「……いる」

いなかったが、そう答えた。されど、思い出した顔がある。先日、牛込揚場町で会った茂作という百姓だ。あの百姓は請地村から来たといっていた。その村がどこにあるか、いまはぼんやりとわかってもいる。

だから茂作に会おうと思い、家を出たのだった。


「ひゃっこい、ひゃっこい」

橋をわたってきた水売りの声で、官兵衛は我に返った。

そのまま大川の流れを見ながら、

「百合のいうことが正しいのか……」

と、小さくつぶやいたが、官兵衛はいいだした手前引っ込みがつかない。茂作に会って、百姓仕事の手ほどきをしてもらう。自分に向かないとわかれば、そのときにやめればすむことだ。

「やっぱり行こう」

官兵衛は自分にいい聞かせるようにつぶやいて、吾妻橋をわたり本所に入った。茂作の家が請地村のどこにあるかわからないが、野良仕事でもしている百姓に聞けばわかるだろうと、軽い気持ちでいた。

それにしても暑い。高く昇った日はギラギラと照り輝きながら、大地を焦《こ》がしはじめている。先日蟬の声を聞いたが、幾日もたっていないのに蟬たちはやかましく鳴き騒いでいる。

百合の長屋から歩きづめなので、官兵衛は汗だくである。着物の背中は汗で黒くなっており、額に浮かぶ汗は頰をつたい顎からしたたり落ちている。

業平橋《なりひらばし》の近くの茶屋に立ち寄り、麦湯を飲んでしばらく涼んだ。胸を広げて扇子で風を送り込む。

「ちょいと訊《たず》ねるが、請地村を知っているか？」

店の老婆に訊ねると、「へえ、存じてますよ」と、しわ深い顔に笑みを浮かべた。

「もしや茂作という百姓を知ってはいまいな」

「はて、茂作さんでございますか？　村役人ですか？」

「役人ではない。村の百姓だ」

店の老婆は首を右に倒し左に倒し、そしてわからないといって付け足した。

「村へ行って訊ねるのが手っ取り早いでしょう」

官兵衛はそれはそうだと納得して、床几から立ちあがった。業平橋をわたり、押上村《おしあげむら》に入る。町屋が途切れると、もうそこは百姓地である。江戸の郊外だが、何だか遠い在方に来たような錯覚を抱いた。

出会った百姓の何人かに茂作のことを訊ねると、やっとわかった。茂作の家は北十間川の北側、正観寺《しょうかんじ》という寺から東へ三町ほど行ったところにあった。

家の前の小さな庭で、飼っている鶏《にわとり》に餌《えさ》を撒いている男がおり、それが茂作だった。

猛暑のなかを汗だくになって歩いてきたせいか、懐かしい友にやっと会えたという喜びに似た感情が胸のうちにわいた。

「おーい、茂作。茂作」

声をかけると、茂作が顔を向けて驚いた顔をした。

三

「これは橘様……いったいどうなさったので……」

茂作は驚きながらも、少し表情をこわばらせた。ははぁ、こやつ金を取り返しに来たとでも思っているかもしれないと、官兵衛は勝手に思った。

ずかずかと庭のなかに入ると、

「鶏に餌やりか。卵を産んでくれるからよいな。おい、そう堅くなるな。おれはおまえを先生にしようと思って来たのだ。この前の金をもらいに来たのではない。安心いたせ」

「あ、はい。でも、先生とは……」

茂作はきょとんとした顔で官兵衛を見る。

「ちょいと休みたい」

官兵衛は縁側に腰を下ろして、庭を眺めた。

鶏がコッコッコッと鳴きながら、撒かれた餌をついばんでいる。七、八羽はいるだろうか。鶏小屋は官兵衛が腰を下ろした縁側の下だった。うすい板を格子に組んであり、出入りできるようになっている。

「いいところだな」

官兵衛は庭の先に広がる青々とした稲田を眺める。稲田のところどころにこんもりした木立があり、葦《あし》の藪《やぶ》も点在している。

「あの、先生とは、いったいどういうことでしょう。あ、それよりも、先日はほんとうにお世話になりました。あらためてお礼を申しあげます。いま茶を持ってきますので……」

「いらぬいらぬ。水の一杯でももらえればそれで結構」

茂作はへえへえと応じて家のなかに入り、すぐに水を持ってきた。官兵衛は喉を鳴らして飲みほすと、

「頼みがあるのだ。畑の作り方を教えてくれぬか？」

と、茂作を見た。

「畑、でございますか」

「さよう。畑で野菜を育てるやり方だ。米の作り方も教えてもらいたい」

茂作は目をしぱしぱとしばたたく。

「どうして、そんなことを……？」

「おれはいずれ刀を捨てて百姓になろうと思う。このご時世、侍だと威張っておっても飯は食えぬが、商人になるには奉公からはじめなければならぬ。職人になるにしても見習い奉公からであろう。おれはもう年だ。そんなことはできぬ。だが、百姓ならできそうな気がするのだ」

「はあ……」

「教えてくれぬか。まずは何をやればよい。そうだな、一番の稼ぎになるのはなんだ？」

「稼ぎになる作物ということでしたら米でしょうが、粟《あわ》や稗《ひえ》、里芋に薩摩《さつま》芋、牛蒡《ごぼう》、人参《にんじん》、胡瓜……まあ、いろいろありますが、なかなか思うようにはいきません」

「思うようにならぬというのは……」

「お天道様次第ということです。日照りがつづけば田や畑は痩せてしまいますし、雨降りがつづけば腐ることになります」

「ふむ……」

官兵衛は真顔になる。

「米を作るにはまず田を耕さなければなりません。田も畑も大事なのは土です。ですから、土を耕して滋養《じよう》をつけさせるのです」

「ほう……」

「田や畑に滋養があれば、作物が元気に育ちます」

「するとまずは土作りか……。おれにもできるだろうか？」

「やり方を覚えればできるでしょう」

官兵衛はとたんに細い目を見開く。

「それで、どうやってやるのだ？」

「それはすぐには覚えられるかどうかわかりませんが、鍬《くわ》や鋤《すき》を使ったことはありますか?」

「鍬なら少々……」

茂作は少し思案顔で視線を遠くに向け、官兵衛に顔を戻した。

「橘様、百姓仕事は楽じゃありません。はたらいてもはたらいても恵まれることは少ないです。泥と土と汗にまみれる汚い仕事です。親や子を養わなければならない百姓は、貧乏のしどおしで、金持ちになんぞなれません」

「そんなことは覚悟のうえだ。おれは鍬と鋤を買い揃える。他に入り用なものはなんだ」

茂作はあきらめ顔で、筵や千歯扱《せんばこ》きや鋸《のこぎり》鎌《かま》や刈鎌《かりかま》などもいると、いろいろな農具をあげつらった。

農具を揃えるだけで大変なことだと、官兵衛は遠くの空に浮かぶ雲を見て思う。結構な元手がかかるものだと、少しやる気がうすらぐ。

「できた稲を刈り取ったら、臼《うす》や杵《きね》がなければなりません」

なに、臼と杵も揃えなければならぬのかと、官兵衛は自分の費えを考える。大金をはたかなければならないと思いもする。

「それから橘様、大事なのは土地でございます。田や畑をお持ちですか？」

そう聞かれた官兵衛は愕然《がくぜん》となり、またもや細い目を見開いた。左頬にある古《ふる》傷痕《きずあと》を指先でなぞる。顔に肉がついたせいで、その古傷は目立たなくなっているが、恥ずかしい話、女に斬りつけられてできたものだった。

「いや、そんな土地はない」

最初の意気込みはどこへやら、官兵衛の声は小さくなっていた。

「土地がなければ百姓仕事はできません」

官兵衛はおのれの愚かさを恥じ入った。もっとも大事なことを考えていなかった。そうなのだ。田や畑を耕せても、その土地がなければ何もできないのだ。

「さようであるな」

官兵衛の声は尻すぼみになった。

容易《たやす》く百姓になれないことを思い知った。やはり、百合のいうことが正しかったと、いまさらながら気づかされる。帰ったら百合に謝ろうと思う。

「つまるところ、百姓にはなれぬということか……」

官兵衛はふうと、小さなため息をつく。

それから、茂作の家のなかを眺めた。雨戸を開け放してあるので風通しがよい。座敷は板の間で、畳ではなかった。それに粗末である。障子や襖《ふすま》は継《つ》ぎ接《は》ぎだらけだ。

茂作はしばらく百姓の苦労話をした。黙って耳を傾ける官兵衛は、土で汚れ節くれだった指や、土が詰まった爪を見ていた。

「女房や子はおらぬのか？」

官兵衛は茂作の話を聞き終えてから聞いた。

「野良仕事に出ています。今日は田圃《たんぼ》の草取りで、あっしも行かなきゃならないんです」

「これはしたり。忙しいのに無駄な長話をさせてしまったな。すまぬことをした」

「いえ、気にしないでください。橘様はあっしの恩人ですから」

そういわれると、くすぐったい気持ちになる。

「何か困ったことはないか」

「困りごとをあげたら切りがありません」

茂作はそういったあとで、「あ」と小さな声を漏らし、大事なことを思い出したという顔で目をみはった。

「どうした？」

「へえ、この頃おかしなことがこの辺りの村で起きてるんです。娘を連れ去られたり、いつの間にか人の女房が神隠しにあったように姿を消したりしてるんです。誰かの仕業《しわざ》だという噂ですが、ひょっとすると近くの村に住みはじめている殿様が悪さをしているんじゃないかと……」

「殿様……」

「へえ、会ったことはありませんが、ご家来を連れて村の道を歩いているのを何度か見かけたことがあります。あんまりいい噂を聞かないので、あっしは近寄らないようにしているんですが……」

「殿様というのはどこかの大名か、それとも旗本なのか？」

「お旗本だと思うんですが、よくはわかりません。とにかくあっしの家に災いが降りかからないことを祈っているだけです」

「その旗本が災いをもたらしているのか？」

「そんな話を耳にします。詳しいことはわかりませんが……」

「気をつけることだな。それにしても無駄な話をさせてしまったな」

「いいえ、とんでもありません。何のもてなしもできずに、申しわけありません」

「いやいや、ともあれいい話を聞かせてもらい、世話になった。茂作、また遊びに来てもよいか？」

「へえ、気が向いたらいつでもいらしてください」

「おまえはいい百姓だな。長居は無用だ。おまえの仕事の邪魔をしてしまった」

官兵衛はそういって立ちあがった。

四

「六人だ。いかがするか……」

滝澤新九郎は、無宿浪人風情《ふぜい》の男たちを木立のなかで眺めながら顎を撫でた。

その浪人たちに気づいたのは西馬場左之助だったが、以来ずっと浪人たちの行動を見張っていたのだった。

「村を荒らしに来たのかもしれませぬ。この頃は在から江戸に流れているそんな輩《やから》が増えています」

大倉忠三郎が一軒の百姓家で休んでいる浪人たちを見ながらいう。赤鬼のような顔が、日に焼けてますます赤くなっている。

「さような話はよく耳にしておる」

「殿、いかがされます？」

新九郎は忠三郎に顔を向けて、

「話をしてみようではないか。役に立つような男たちなら、家来にしてもよい」

というが、一挙に六人の家来を持てば、それなりの費えがいる。いったそばから頭のなかで算盤勘定《そろばんかんじょう》をする。だが、人は使い方次第だ。そのことは御書院番組頭だっただけに要領はわかっている。さりながら、それは相手次第である。

日は中天《ちゅうてん》を過ぎ、傾きはじめている。もうこんな刻限になったかと、新九郎はその日の遠出に気づいた。

木立のなかは蟬時雨に包まれていて、暑さが増していた。足許《あしもと》からは強い草いきれが立ちのぼっている。

「よし、話をしよう」

新九郎は思いを決めると、木立を抜けて村の道に出た。六人の浪人は、一町ほど先の百姓家で休んでいる。縁側に座ったり、井戸端で煙草を喫んだりと、思い思いに過ごしている。

「殿、お気をつけくださいませ」

忠三郎が注意の声をかけてくる。背後には左之助と中間の乙助。揉めるようなことがあれば、忠三郎と左之助が頼りだ。新九郎は百姓家に近づきながら、あれこれと考えをめぐらせる。

浪人たちが新九郎らに気づいて立ちあがった。井戸端で諸肌脱《もろはだぬ》ぎになっている男、喫っていた煙管を太股に打ちつけて刀に手をやる者、縁側の前に三人、戸口前にひとり。

そこは北の亀有村《かめありむら》から分流し、北十間川に通じている用水堀に近い香取社《かとりしゃ》の裏だった。香取社は小村井村《おむらいむら》の鎮守《ちんじゅ》である。

「そのほうらどこからまいった？」

新九郎は百姓家の入り口に立って声をかけた。

浪人たちは近くで見ると、弊衣蓬髪《へいいほうはつ》で揃ったように無精髭《ぶしょうひげ》のままだった。それだけで長旅をしてきたと察せられた。それぞれに大小を帯びているが、まるで戦に負けた落ち武者のようであった。

「どこから来たのかと聞いておるのだ」

浪人たちが黙っているのでもう一度問うた。

「そんなことを聞いてどうする？」

縁側の前に立っている大柄な男だった。

はだけた胸にもじゃもじゃの毛がのぞいていた。

「ここは御料所である。わかっておるのだろうな」

浪人たちは互いの顔を見交わした。

「わからぬか。幕府の領地ということだ」

「それがどうした？　御料所に入ってはならぬという掟《おきて》でもあるのか。お手前はどこの何者だ。人にものを訊ねるのに無礼であろう。名乗れ」

新九郎はそばに控えている忠三郎と左之助を見た。

「元御書院番組頭の滝澤新九郎様だ。薄汚いきさまらのような者が、気安く話せるお方ではないのだ」

忠三郎は一歩前に出て、浪人たちをにらんだ。

「元……だと。するといまは何だ？」

「そなたの名は？」

新九郎は相手の問いには答えずに聞いた。

「磯原小五郎《いそはらこごろう》。亀有村からやってきたのだ。おれたちは村を通るだけだ。人にとやかくいわれる筋合いはない」

「江戸に入るつもりであるか？」

「行っちゃ悪いか」

磯原と名乗った浪人はあくまでも強気だ。飢えた狼（おおかみ）のような眼光で見てくる。

こやつらは手なずけられないと、新九郎の直感がはたらいた。

「この家の百姓はどうした？　姿が見あたらぬが……」

家のなかに人の気配はなかった。

「さっきから誰もいないのだ。断りもなく休ませてもらっているだけだが、まさか咎《とが》め立てしようというのではあるまいな」

「このあたりの村はわしの縄張りだ。むさ苦しい浪人にうろつかれては困る。江戸へまいるのならさっさと村を離れよ。誰もいない百姓の家に入って、食い物をあさっていたな。芋を頬張《ほおば》っていたのを見ておるのだ。あえて咎め立てはせぬゆえ、おとなしく去《い》ぬるのだ」

「ずいぶんなものいいじゃねえか。元何とかかなにか知らねえが、ここは御料所といったくせに、てめえの縄張りだとほざきやがる。因縁《いんねん》を吹っかけているようなものじゃねえか」

磯原はずいと前に出てきた。新九郎は動かない。磯原はさらに歩を進めて近づくと、いきなり抜刀して斬り下げた。

ビシッ。短い音がして新九郎の被っている菅笠の庇《ひさし》が切られた。

瞬間、鯉口《こいぐち》を切って忠三郎と左之助が前に出た。

「殿に無礼をはたらきおったな」

忠三郎はそういうが早いか、右足を踏み込むなり、抜き様の一刀で磯原を袈裟《けさ》懸《が》けに斬り捨てた。

「うわッ」

防御するいとまもなく、磯原は胸を断ち斬られて卒倒した。それを見た他の仲間が一斉に刀を抜き払い、忠三郎に斬りかかっていった。助《すけ》をする左之助がひとりを斬り倒せば、忠三郎は正面から斬り込んできた男の胴を抜き払い、さらに背中に一太刀浴びせた。

あっという間に三人の男が地に倒れ伏した。

それを見た他の三人は気勢《きせい》を削《そ》がれたらしく、刀を構えたままにじり下がった。

「かかってくるがよい」

忠三郎が誘いをかけると、三人の浪人は互いの顔を見合わせるなり、くるりと身を翻《ひるがえ》して脱兎《だつと》のごとく逃げ去った。

五

栖岸院の住持、隆観に相談をしてから三日がたっていた。

兼四郎はいつものように七つ（午後四時）前に店に入って仕込みをはじめたが、糠漬《ぬかづ》けを取り出したところで、

（知らせは来ないな。明日あたりになるのか……）

と、胸のうちでつぶやいて、胡瓜と茄子をつかみ出した。つけて数日だが、ほどよい味になっているはずだった。軽く水で洗って、俎《まないた》の上にのせたとき、

「ごめんくださいまし」

という声が、戸口にあった。見ると、定次が立っていた。

「定次か。どうした？」

兼四郎は手を拭きながら板場を出た。

「へえ、隆観和尚が話をしたいとおっしゃっています。寺の小僧が店にやってきてそう告げますので、早速知らせに来ました」

するとあの調べがすんだのだなと思った。

「わかった。おまえも行くか？」

「お邪魔でなかったら……」

「では早速行こう」

兼四郎は前垂れを外し、戸口を閉めて店を出た。

「店はいいのですか？」

「話は長くかからないだろう。和尚の話を聞いたらすぐ戻ればいいことだ」

黙ってついてくる定次は、升屋に雇われているが、元は町方の小者をやっていた男だ。ときどき客を装って盗みをはたらく者がいるが、そんな悪質な客を取り締まるために、主の九右衛門が雇っているのだった。

しかし、兼四郎に〝仕事〟の命が下されると、定次は手足となって助をする頼もしい相棒だった。

命を下すのはいうまでもなく、升屋九右衛門であるが、ときに隆観から密命を受けることもある。

夕暮れの麴町の通りは忙しそうである。小店の娘や大店の小僧たちが呼び込みの声をあげている。早仕舞いをして家路についている職人もいれば、侍の姿もある。町には蟬の声が満ちており、餌を取った燕《つばめ》たちが子燕のいる巣に戻ってもいた。

栖岸院に入ると、そのまま母屋を訪ねた。すぐに座敷に通され、隆観と向かい合って座る。まだ日が落ちるまでには間があるので、座敷は仄明るさを保っていた。

「定次殿も見えましたか。これはこれは……」

隆観は定次に目を向けたあとで、

「わかりましたぞ」

と、言葉をついだ。

「いかがなことになっています」

兼四郎は先をうながす。

「浜蔵なる男の申したことは、嘘ではないようだ。滝澤新九郎という御仁は、たしかに御書院番にいた。そして、番頭、林佐渡守重定《しげさだ》様の下で組頭を務めていた」

「刃傷に及んだのも嘘ではなかったと……」

「まことのことであった。滝澤新九郎は佐渡守様に忠実に仕えていたのだが、常々から不満を身のうちに溜め込んでいたのであろう。そのことが、駿府在番中に一気に噴き出してしもうた。突然、焼け出ずる火山の如《ごと》しだったという話であった。滝澤新九郎は出世欲の強い組頭で、御書院番を支配する若年寄《わかどしより》に近寄り、また、番頭から大目付《おおめつけ》に出世された方とも昵懇《じっこん》になるといった世渡り上手であったらしい。ところが、その肚《はら》の内を読まれたのであろう。佐渡守様から再三にわたり自重するよう注意を受けていたらしい」

「…………」

「刃傷に及んだのは、駿府在番中のことであった。そのとき、そばにいた者の話では……」

隆観はあたかも自分が事件を目撃したかのように話をした。

御書院番は十組で構成されており、各組に番頭ひとり、組頭ひとりがいる。その下に組衆と与力、同心がついている。

毎年一組が駿府在番につくことになっているが、刃傷はこのときに起きた。

それは駿府城大手門そばで起きた。その日の勤めを終えた林佐渡守が城下の屋敷に帰るときであった。

突如、あらわれた滝澤新九郎が、佐渡守にいきなり噛みつくようなことを口走った。

「佐渡守様、お言葉ではありますが、身共《みども》のおらぬところであらぬ噂を立てている者がいると耳にいたしておりました。まさかそれが佐渡守様だとは思いもいたさぬことでしたが……」

新九郎は血相を変えていた。日の暮れ前でうす靄《もや》が漂っていたが、新九郎の黒い馬面が赤くなっており、目には殺気を湛《たた》えていた。

「あらぬ噂とは何であろうか」

佐渡守は悠然《ゆうぜん》と問うた。

「おのれの胸に聞けばわかることではございませぬか。無作法者、勘定高い、臆面のない奴原《やつばら》だと罵っているのは佐渡守様でございましょう。聞き捨てならぬ言葉。お覚悟を！」

唾を飛ばして喚《わめ》くなり、腰の刀を目にも留まらぬ速さで抜き、佐渡守の右腕を斬って怪我を負わせた。

佐渡守は斬られた腕を片手で庇い、そのまま石垣に凭《もた》れた。

「そばにいた供の者たちが慌てて間に入ったので、さいわい佐渡守様は怪我だけですんだようだが、いまどきあきれる話である」

隆観は話をそう結び、小さく嘆息した。

「御城内においての刃傷、佐渡守様に非があったとしても、滝澤新九郎殿の乱心に目はつむることができませぬな」

「誰が考えても、滝澤新九郎殿を庇《かば》い立てすることはできぬ。結句、お家断絶と相成ったという次第だ。その後のことはよくわかっておらぬが、おそらく浜蔵なる中間の申したことに偽りはあるまい。八雲殿、どうやら腰をあげなければならぬようだな」

兼四郎は静かに茶に口をつけて、表を見た。寺は夕闇に包まれつつあった。それに合わせたかのように、蝉の声が少なくなっていた。

「このこと升屋には……」

「八雲殿が見える前に話をしてある。大事な商売があるので、今日は早めに引き取られたばかりだ」

「では、升屋は承知しているのですね」

「いかにも」

「では、早速にも動くことにします」

兼四郎はそう答えて立ちあがった。

六

「この百姓家は悪くない。しかれども、物足りぬ」

その夜、遠出をしてきた滝澤新九郎は、座敷で家来らを前にそんなことをつぶやいた。

二日前まで柳島村に住んでいたが、中間の浜蔵が逃げたあとで、いまの家に移っていた。

浜蔵を追った清次は殺してきたといったが、それには時間がかかっていた。万が一、その間に浜蔵が誰かに自分のことを話していれば、柳島村の百姓家に手入れが入るかもしれないと危惧《きぐ》し、用心深い新九郎は、即座に家移りを決めたのだった。

目の前には膳部《ぜんぶ》が調《ととの》えられている。

香の物、吸い物、南瓜と茄子の煮付け、鮎《あゆ》の天麩羅《てんぷら》。

すべては二人の女中が作っていた。二人とも村の娘である。

ひとりはおさちという小柄で愛らしい顔をした十七歳。もうひとりも小柄だが肉置《ししお》きがよく、目鼻立ちがはっきりしている十六歳の娘で、名をおとめといった。

二人とも百姓の娘にしては器量よしだ。だが、それは若いからで、野良仕事をつづければしわとしみが増え、色も黒くなる。

「またもや家移りをされるお考えでも……」

大倉忠三郎が顔を向けてきた。燭台の灯りが仁王顔を染めている。その日、二人の浪人を斬り捨てているが、いまは平生《へいぜい》と変わらぬ顔だ。

「今日の浪人どもは亀有から来たといっていましたね。亀有はどんな村なのでしょう」

西馬場左之助だった。この男も浪人ひとりを斬っているが、何食わぬ顔で茄子の煮付けを口に入れた。

「おさち、亀有村に行ったことはあるか？」

新九郎はおさちを見た。

「いいえ」

新九郎はおとめを見た。二人とも極端に萎縮している。自分を怖れて小さくなっているのだ。新九郎はその恐怖心を取り除き、もう少し気を楽にしてもらいたいが、それにはいましばらくの時間がかかりそうであった。

「おとめ、そなたはどうだ？」

問われたおとめはふるえるように首を振り、行ったことはないと答えた。

「亀有に行かれるので……」

聞くのは岸根高之丞《きしねたかのじょう》という家来だった。大倉忠三郎の弟子で、細身ながら剣の練達者だ。西馬場左之助より二歳上の三十五歳だった。

「行ってみようか。どうせ暇な身である。このあたりの村は作物の収穫が乏しい。ぼんやり眺めただけではさようには見えぬが、ここで暮らすようになって、百姓らが貧困に喘《あえ》いでいるのがよくわかった。なかにはそうでない者もいたが、亀有村がどうなっているか検分するのは悪くなかろう。それに思いもよらぬご利益があるやもしれぬ」

新九郎がご利益というのは、「金・女・食糧」である。

「明日は天気もよさそうです。ご利益めあてに行くのは悪くないと思いまする」

忠三郎が同意する。

「よし、話は決まりだ。乙助、さようなことだ。明日は亀有へまいる。左之助、おぬしは清次と留守を預かってくれるか」

「わたしもお供をしたいのですが……」

左之助は不服そうな顔をした。

「今日は高之丞が留守番をした。二人とも連れていくわけにはいかぬ」

「留守を預けるなら清次ひとりで十分だと思いますが……」

左之助は中間の清次を見る。この男は残忍な中間だった。色黒で猫背、そして奥目を光らせている。腕っ節も強いので留守番をまかせても十分用をなす。

しかし、用心深い新九郎は腕力だけでは頼りないと考えている。機転を利かせられる男がそばにいないと、いざというときの対応ができない。

こういった配慮をするのは、やはり新九郎が御書院番の組頭を務めていたからだ。組頭は配下の組衆らを掌握《しょうあく》するために、その任に見合う者を配置しなければならない。御書院番には十組があるが、新九郎にはその筆頭株だったという自負があった。

いずれは番頭に、あるいは組頭から他の高い役職に就《つ》けると自分を信じていた。それなりの猟官《りょうかん》運動も怠《おこた》らなかったし、人付き合いもうまくやっていた。それなのに、灯台もと暗しで、自分の足を引っ張る男がいた。思いもよらぬ、上役の番頭だったのだ。

頭に血を上らせて上役の佐渡守に斬りつけたが、いまさら後悔してもはじまらぬ。ただ、人生を棒に振る刃傷に及んだのは、やはり軽率であった。しかし、覆水盆《ふくすいぼん》に返らずである。残りの人生はおのれの器量で新たに切り拓くしかない。

「左之助、わしのいうことが聞けぬというか」

新九郎は目力を強めて、不服そうな顔をしている左之助をにらむように見た。

「いえ、承知いたしました」

左之助は折れたが、新九郎はしばらくにらみつけていた。座敷に小さな緊張が走り、誰もが押し黙った。

その沈黙を新九郎はひそかに楽しんだ。人を服従させるには、飴《あめ》と笞であるが、さらに効果があるのは恐怖心を植えつけることだった。

逆らったらどんな目にあうかわからないということを、心のひだにしみ込ませるだけの恐怖をあじわわせる。だから、新九郎はそれなりのことをやってきた。

最初に住みはじめた柳島村の百姓家に行ったとき、亭主と女房と娘が二人いた。新九郎は許しを請う亭主を一刀のもと斬り捨て、女房を刺し殺した。泣きじゃくって恐怖に震えている娘の首を刎《は》ね、もうひとりの娘は串刺《くしざ》しにするように、何度も突いて殺した。

没収された屋敷からついてきた家来は、その残酷な行いに顔を凍りつかせていた。そして、止めようとしたひとりの小者も袈裟懸けに斬り捨てた。

慄然《りつぜん》としている家来を振り返り、新九郎はいい放った。

「わしに逆らえば容赦《ようしや》せぬ。いままでのように気安く接するようなことがあれば、わしは遠慮なく斬り捨てる。そうなりたくなかったら、いまここから立ち去れ。だが、それは裏切りと見なし、決して許さぬ」

その言葉を聞いた家来たちは、みな無言でうなずいた。

「わしは禄《ろく》を失い、采地《さいち》も召しあげられた。裸同然の一文無しだ。されど、わしを信じてここについてきたおぬしらには不自由はさせぬ。いままでより、さらによりよい暮らしができるように頭をはたらかせてこの先生きていく。それが何かわかるか？」

誰もが互いの顔を見合わせるだけだった。

「教えてやろう。ひとつの国を造るのだ」

「国を……」

驚きの声を漏らしたのは、大倉忠三郎だった。

「さよう。小さいながらもひとつの国を造る。誰にも文句をいわせぬ国造りだ。むろん、幕府があるのは承知している。されど、その幕府さえ認めざるを得なくなる国を造るのだ。わしにはそのためのよい考えがある」

「いかようなお考えで……」

「それは追々話す」

新九郎はそういって家来たちに期待を持たせた。


「明日は亀有だ」

新九郎は自ら口を開いて、座敷の沈黙を破った。

「おさち、酒を……」

新九郎が盃を持ちあげると、控えていたおさちがささっと近づいてきて酌《しゃく》をしてくれた。

七

「今度はうつ伏せになりなさいな」

百合がいう。

官兵衛ははいはいと、いわれるままうつ伏せになる。

「おおー、そこだ、そこが凝《こ》っている」

「さわればわかるわよ。ツボは心得ているんだから」

百合はそういいながら、脹《ふく》ら脛《はぎ》の裏を指圧する。ときどきこわばりをほぐすようにさすり、また指圧する。絶妙な力加減だ。

「滅多《めった》にしない遠出をするからよ。請地村って本所のずっと先にあるんでしょう」

「ああ、そうだ。歩きすぎた。昔はこんなことはなかったが、やはり少し痩せたほうがよいかな。あー、気持ちいい。いい、そこだ、そこを……」

「そうね、少し肥えすぎたかもね。そういうわたしも人のことはいえないけど。

……だいぶほぐれてきたわ」

「おまえの揉み療治はやっぱりいい。そうだな、少し痩せるかな。いっしょに痩せるか」

「わたしはどうでもいいわ。好きなものを好きなだけ食べたいもの。痩せるためには食べるのを我慢しなきゃならないでしょう。好きなものを目の前にして我慢なんかできないわよ」

「ううっ……気持ちいい。そうだな、先行きがどうなるかわからないし、好きなものを食わずに死ぬのは愚《ぐ》の骨頂《こっちょう》かもしれねえな」

「少しは口をつぐんでいなさいな」

「この褒美にたっぷり可愛がってやるよ」

「馬鹿」

百合はぴしりと官兵衛の尻をたたいた。

馬鹿といったが、少し嬉しげなひびきがあった。

「それにしても百姓ってェのは大変な仕事だ。いろいろ元手がかかるというのもわかった。小馬鹿にして水呑百姓《みずのみびゃくしょう》なんていうが、もうおれはそんなことはいわぬ。あやつらはえらい。汚いなりをしていても、心は錦《にしき》だと思った。あやつらのおかげで、幕府も大名も生きていられるのだ。そのことを肝《きも》に銘じないといかん」

「だから、百姓なんて無理だといったんですよ」

「うんうん、おまえのいうとおりだった」

「さあ、この辺にしておきましょう。あまりやると揉み返しが来て、もっと悪くなるからね」

官兵衛はゆっくり半身を起こして、揉んでもらった足をさすった。軽くなった気がする。凝りもほぐれている。

「ありがとうよ。おまえがいてよかった」

「ありがたがられると、わたしは嬉しいわ」

百合は二重顎の上にある顔をゆるめて微笑む。

「官兵衛さん、官兵衛さん」

戸口で声があった。すぐに定次だとわかる。

「おお、定次か、かまわねえから入れ入れ」

座ったまま応じると、定次が土間に入ってきた。

「朝っぱらからどうしたんだ？　ずいぶん早いじゃねえか」

官兵衛は団扇をつかんでパタパタとあおぐ。表では蟬が元気に鳴いていた。

「仕事ができたんです」

定次は百合にぺこりと頭を下げてからそういった。

「仕事……久しぶりのことじゃねえか。どうすりゃいい」

「もう旦那がお待ちです」

「なに、これからってことか。ずいぶん急じゃねえか」

「忙しいのでしたら、あとから来てもらってもかまわないと旦那はいっています」

「遠くへ行くのか？」

「さほど遠くではありません。柳島村です」

「なに、柳島村。それなら昨日おれが通った村じゃねえか。何があったんだ？」

定次は茶の支度にかかっている百合を見てから、

「詳しいことは旦那が話します。すぐにはこれませんか……」

と、遠慮がちな顔を官兵衛に向ける。

「いや、大丈夫だ。すぐ支度をする。どこへ行けばよい？」

「四谷塩町の〈茜屋《あかねや》〉という茶屋で旦那は待っています」

「塩町一丁目だな。わかった、すぐ行く。百合、そういうことだ」

「あら、定次さん、お茶ぐらい」

茶を淹《い》れかけていた百合が引き止めようとしたが、定次は百合に詫びを入れ、官兵衛に先に行って待っているといって出て行った。

「ずいぶん急だけど、あんたのお仲間はいつも急なのね」

百合は首をすくめてあきれ顔をする。

「そういわれりゃそうだが、菅笠を被っていこう。それから新しい手拭いを出してくれ。草鞋《わらじ》も余分に持ったほうがいいな」

　百合は太った体に似合わず、てきぱきと動いて支度を手伝ってくれる。

　兼四郎は四谷塩町一丁目にある茜屋という水茶屋で、麦湯を飲みながら煙草を喫んでいた。浜蔵から聞いたことを何度も思い返すが、大事なことを聞き忘れていた。

　改易になった旗本の滝澤新九郎が柳島村のどのあたりの百姓家にいるかである。柳島村と一口でいっても広いのだ。

　亀戸天神の西側から北十間川の南岸あたりまで広がっている。それに飛び地もある。

　こういうことなら、

（もっと詳しいことを聞いておくべきだった）

と、思いながら煙管を灰吹《はいふ》きに打ちつけた。

　目の前を大八《だいはち》が車輪の音をひびかせて通り過ぎた。そのときだけ蟬の声がかき消されたが、大八が遠ざかるとまた蟬の声が聞こえてくる。何のことはない葦簀《よしず》に張りついて、元気に鳴いている蝉がいたのだ。

兼四郎は麻《あさ》の着流しに野袴を穿き、手甲脚絆である。暑さを嫌って今日は羽織はつけなかった。

雲が日を遮《さえぎ》り、辺りがすうっと暗くなったが、それは一瞬のことですぐに乾いた道があかるくなった。

定次がやってきたのはそれから間もなくのことで、小半刻（三十分）と待たずに官兵衛もやってきた。

「兄貴、久しぶりだな」

官兵衛は兼四郎のことを「兄貴」と呼んでいる。

「相変わらず元気そうだな。急な呼び出しですまぬ」

「なあにいつものことじゃねえか」

官兵衛は砕けた話し方をするが、それは相手によりけりだ。

「それで何があったんだ。柳島村に行くと定次から聞いたが、おれは昨日行ってきたばかりだ」

「まことか。それで妙な噂を耳にしなかったか？」

「妙な噂……」

官兵衛は短く視線を動かしたあとで答えた。

「そういや、旗本が村に来て悪さをしているような噂があるというのを聞いた」

兼四郎はキラッと目を光らせた。

「どんな噂だった？」

官兵衛は請地村の茂作から聞いた話をした。兼四郎が浜蔵から聞いた話と似ていた。

「すると、その旗本が滝澤新九郎かもしれぬ」

「何だ、その滝澤というのは……」

「歩きながら話す。まいろう」

兼四郎は床几から立ちあがり、日盛りの道に出た。

第三章　百姓家

一

兼四郎たちは外堀沿いの道を歩いていた。道の先には陽炎《かげろう》ができている。堀の水は穏やかで、空に浮かぶ雲を映していた。

「女衒めいたこともやっていると……」

兼四郎から話を聞いた官兵衛は眉宇をひそめた。

「おれはそんな話は聞かなかったが、たしかに娘が連れ去られたり、人の女房が神隠しにあっているという話を聞いた」

「神隠し……」

兼四郎は官兵衛を見た。

「茂作は、近くの村に住みはじめた旗本が悪さをしているのではないかといった。何でも家来を連れまわしているらしい」

「それが滝澤新九郎かもしれぬ。元御書院番の組頭だ」

「御書院番組頭……一千石取りの大旗本じゃないか。しかし、元といったな」

官兵衛は腑《ふ》に落ちぬという顔を兼四郎に向ける。

「刃傷《にんじょう》沙汰《ざた》を起こして改易になったのだ」

兼四郎はそういってから、隆観から聞いたことを話した。

官兵衛は黙々と歩きながら、ときどき流れる汗を拭きつつ聞いていた。

「家屋敷を召しあげられ、住むところをなくした滝澤新九郎は、屋敷で雇っていた家士を連れて柳島村に住みはじめたのかもしれぬ」

「あの村は御料所ではないか。それとも滝澤は采地でも持っているのか？」

「それはないはずだ。采地も取りあげられたはずだから……」

「すると勝手に住んでいるというわけか。しかし、あんな村に住んでも何もないだろう。まさか百姓になるつもりか……」

「御書院番の組頭だった人が、百姓になるなんて考えにくいです」

あとからついてくる定次がいう。

「いや、人はわからぬ。おれも百姓になろうかと真剣に考えたのだ」

「え、官兵衛さんがですか……」

定次は驚いたように目をまるくした。

兼四郎も意外だという顔で官兵衛を見る。

「ほんとうだ。百合にはやめろといわれたが、おれはその気になっていた。だから、請地村の百姓の茂作に弟子入りをしようと思った。ところが話を聞いて、百姓のえらさがわかった。それに百姓になるには元手がかかる。何よりおれには土地がない。つまり、耕す畑や田がなければできぬということがわかって、あきらめたのだ。いろいろ話を聞いて百姓仕事がいかに大変であるか、よくわかった。おれはあやつらを尊敬する」

「茂作という百姓とはどこで知りあったのだ？」

兼四郎は至極真面目くさった顔で話した官兵衛を見た。

「茂作とはひょんなことで、牛込揚場町で会ったのだ」

官兵衛はそのときのことを話した。

「人助けをしていたということか。茂作は官兵衛に恩義を感じているのだな」

「恩を売ったつもりはないが、茂作はいい百姓だ」

そんな話をしているうちに、牛込揚場町に着いた。河岸地には荷舟や猪牙《ちょき》がつけられている。

「ところでどこへ行くんだ。柳島村に行くのに、この道では遠まわりではないか」

「舟を使う。そっちのほうが早いであろう。定次、舟を仕立てられるか」

兼四郎にいわれた定次が、ヘイと返事をして猪牙を見つけに走った。

「官兵衛が会ったその茂作だが、少しは助をしてくれるだろうか」

兼四郎は定次を見送ったあとで聞いた。

「頼めばやってくれるだろうが、無理はいえねえな。まあ、その滝澤という元旗本の居場所ぐらいは見当がつくかもしれぬ」

「では、頼んでくれぬか」

「ああ、わかった」

官兵衛が答えたとき、定次が戻ってきて猪牙を雇ったといった。

三人はそのまま定次の仕立てた舟に乗り込んだ。

「大横川《おおよこがわ》の業平橋までやってくれるか」

兼四郎は船頭に申しつけて舟のなかほどに座った。

猪牙はそのまま外堀を下りはじめる。どんどんと呼ばれる船河原橋のあたりから、堀川《ほりかわ》は神田川と名を変える。

両岸にある雑木林では蟬たちがさかんに鳴いている。岸辺には鶺鴒《せきれい》の姿があり、軽鴨《かるがも》の親子が水の流れの遅いところを泳いでいた。

「滝澤は元旗本だろうが、れっきとした侍ではないか。おれたちが手を出していいのか？」

官兵衛がふいに疑問を口にした。

「改易になれば平民だ。それまでの官位もない。つまり浪人身分でしかない。それにこれから行く村は町奉行所の支配が及ばない地だ」

「御料所ではないか。だったら幕府の支配する村だ。つまり天領であり、代官支配地だ」

「さようだが、代官の取締りはまれだ。村役がすでに訴えを出していれば何らかの動きはあるだろうが、たとえ動きがあったとしても触れが出ているぐらいだろう。とにかく行って調べてみてからの話だ」

猪牙は神田川を下り大川に出ると、上流へ向けられた。船頭はそれまで棹《さお》を使っていたが、流れに逆らって上るので櫓《ろ》に切り替えていた。ギッシギッシと櫓が軋《きし》み、舳《へさき》がゆっくり水をかき分けていく。

「兄貴、この仕事だが、いつまでつづけられるかな」

官兵衛がいつになく真面目な顔を向けてきた。川風が心地よく汗を抑えてくれるが、官兵衛の顔には汗の粒が張りついている。

「さあ、いつまでであろうか……」

兼四郎は本所のほうに目を向けていうが、そのことは常々考えていることだった。

「いろは屋」という飯屋をやっているが、死ぬまでその仕事をする気はない。いずれはまっとうな仕事に就きたいと考えている。仕官の道もあるだろうが、それはかなり難しい選択だ。

真っ先に頭に浮かぶのは、長尾道場で競い合った友、倉持春之助《くらもちはるのすけ》の顔だ。一度は因縁のある仲になったが、それはすでに清算されている。互いをよく知る旧知の仲だ。

春之助は八王子《はちおうじ》で剣術道場を経営している。そして、兼四郎を師範代《しはんだい》として迎えたいともいってくれている。

第一の選択は、春之助の道場に行くことであろう。だが、いまはそのときではないと感じている。

「おれは先行きが不安になってきた。百姓になれないというのはわかったが、いつまでも根無し草のような浪人では、うだつがあがらぬからな」

いつになくしんみりした顔でいう官兵衛の横顔を見た兼四郎は、先に見える吾妻橋に目をやった。

二

大川から源森川《げんもりがわ》を辿って、業平橋の近くで猪牙を下りた三人は、そのまま請地村に向かった。北十間川のどんつきにある〆切《しめき》り土手《どて》から、川沿いに足を進める。

百姓家は散見されるが、もうそこは一面田畑の広がる江戸の郊外である。青い稲田が風を受けてそよいでいる。

「こうやって青い田を眺めると、今年は豊作に見えるだろうが、じつはそうではないらしい。まあ、昨年よりはましだというが……米作りには苦労が絶えぬようだ」

官兵衛はまわりの景色を眺めながらいう。

「あっしにはよくできた田に見えますがねえ。そうじゃないんですか……」

　定次が言葉を添える。

「江戸も飢饉のあおりを受けているってことだ。畑で取れる作物もいつもより少ないらしい。その少ない作物を金にするのも一苦労だ。茂作は青物市に出しているが、そこには縄張りがあって、新参の者は勝手に市に出すことはままならぬらしい」

　猪牙のなかで官兵衛は百姓らの大変さを論じつづけていた。茂作という百姓から話を聞いて、ずいぶん同情しているようだ。

　押上村を過ぎてしばらく行った先の請地村に、茂作の家があった。官兵衛があれだと指をさして教え、先に歩いて行った。

　兼四郎と定次は近くまで行って待つことにした。

　田の畦道が一方に向かっている。稲の育ちはじめた水田には泥鰌《どじょう》が泳いでいた。青い稲に止まっていた蜻蛉《とんぼ》がどこかへ飛んでいった。

「いないな。野良仕事に出ているようだ」

　官兵衛が戻って来ていった。

「では、村の者に聞いてみるか」

兼四郎は周囲を見まわしてから、一方にある百姓家に目をつけ、そちらへ歩いた。官兵衛と定次があとからついてくる。

家の前にある田で、草取りをしていた百姓に声をかけ、茂作がどこへ行ったか知らないかと聞いたが、今日はどこの田へ行ったかわからないという。

「遠くじゃないと思いますが……」

草取りをしていた百姓は手拭いで頬《ほ》っ被《かむ》りをした顔に泥をくっつけていた。

「近頃、家来を連れた侍がこの辺で見かけられると聞いたが、わからぬか？　なんでも柳島村のほうで見たという話なのだが……」

「それなら川の向こうです。大名家のお屋敷があるでしょう。あの屋敷の東裏に住んでいるというのを聞きました。何とかって百姓の家ですが、居候でもさせてもらっているんでしょう」

百姓はそういって、鼻の下で指をぬぐうように動かした。一本の泥の線ができた。

「行ってみよう」

兼四郎たちはそのまま川沿いの道を辿り、橋をわたった。わたった先に小さな町屋があった。柳島境町《さかいちょう》だ。その町屋の西のほうにさっきの百姓が教えてくれた家があった。

越後村松藩下屋敷《えちごむらまつはん》の裏側である。その百姓家は茅葺きの屋根に草が生えていた。戸口も雨戸も閉め切られている。

訪《おとな》いの声をかけても返事もなければ、人が住んでいる気配もなかった。

「留守か……」

兼四郎は官兵衛を振り返った。

定次が裏を見てきますといって、庭から裏にまわった。

官兵衛は隣の家で聞いてこようといって、一町ほど離れたところにある小さな百姓家に向かった。

兼四郎は戸口の戸に手をかけてみた。するするっと開く。敷居をまたいで土間に入ると、台所の先にある勝手口が開いており、そこに定次の顔があった。

「誰もいませんね。この戸は半分開け放してありました」

定次がいう。

兼四郎は座敷を眺めたが、人の気配もないし、がらんとしている。生活をしていたという形跡を感じられない。台所の流しをみると、茶碗や皿が捨てられたように積まれていた。それには黴《かび》が生え、蠅がたかっていた。

「この持ち主の百姓はいないのか……」

滝澤新九郎たちがこの家にいたとしても、長くは留まっていなかったのかもしれない。

兼四郎は表に出て、官兵衛が向かった家のほうを見た。丁度、官兵衛が戻ってくるところだった。

「どうだった？」

「それがおかしいんだ」

「おかしいとは……」

官兵衛は汗を拭きながらいう。

「この家は吾作《ごさく》という百姓の家だが、とんとその姿を見なくなったという。十月ほど前からだ。そして、その頃から侍の出入りがあるという」

「十月ほど前……」

滝澤新九郎が改易になったのは、一年ほど前だ。すぐに裁きが下されたとしても、即日に家屋敷没収とはならないはずだ。お上も少しの猶予《ゆうよ》は与えるのが常套《じょうとう》だ。すると、家屋敷を召しあげられたあとしばらくして、新九郎はこの家に来たと考えることができる。

「その侍たちはたしかに住んでいたかもしれぬが、いまは誰も住んでいる様子がない」

「まことに……」

官兵衛が眉宇をひそめる。

そのとき、定次が裏庭から駆け戻ってきた。

「旦那、おかしいです」

「何がだ？」

「裏に柿の木があるんですが、そのそばに土盛りがありまして、藁《わら》を被せてあるんです。それが風で飛ばされたらしいところがあるんで、目を凝らしていると、着物が見えるんです。ひょっとすると死体かもしれません」

「何だと」

兼四郎は一度官兵衛と顔を見合わせて、定次のいう裏庭にまわった。

たしかに土を盛ったような場所があり、定次が着物の一部がのぞくあたりを棒で引っかいていくと、黒いものがのぞいた。

三人は同時に息を呑んだ。腐敗した死体だったのだ。

三

掘り出した死体は四体あった。いずれも腐敗し、一部は白骨化していた。

「どうします？」

異臭がきついので定次が鼻を押さえて兼四郎と官兵衛を見る。みんな死体を掘り出す作業で汗だくになっていた。

「どうもこうもないが、一応村役に届けておこう。このままでは成仏できぬだろう」

兼四郎たちはその百姓家から離れて、柳島村の村役を捜した。近くの民家で訊ねるとすぐにわかったが、弥右衛門《やえもん》という村名主は大いに驚き、

「いったいどういうことで……」

と、あんぐり開けた口と同じように目をみはった。

「死体には刀傷があった。誰かに殺されて埋められたのだろうが、死体のあった吾作の家には浪人が住んでいたはずだ。それは知らぬか？」

兼四郎は弥右衛門に問うた。

「はあ、吾作さんの家に誰か居候しているとか、侍が出入りしているという話は

いていたところ

聞いたことがあります。それに吾作さんが夫役《ぶやく》に出てこないという苦情を受けていましたので、今日明日にでもどういうことか聞きに行こうと思っていたところです。しかし、殺されていたとは……」

弥右衛門は驚きを隠しきれない顔で、大きなため息をついた。

「おれたちは吾作の家に住んでいたという侍を捜す。その者たちが何か知っているはずだ。あるいはその者たちが殺しの下手人《げしゅにん》かもしれぬからな」

「あ、それでお侍様たちは……」

「あやしい者ではない。おれは八雲兼四郎、これにいるのは橘官兵衛……」

「あっしは旦那たちについている定次という」

兼四郎のあとを定次が引き取って自己紹介した。

「とにかく死体のことはそなたにまかせる。吾作の家に住んでいた侍のことを知っている者はおらぬか？」

弥右衛門は首をかしげた。どうやらこの村名主は村政《そんせい》に熱心ではないようだ。

「おれたちで捜すしかないようだ」

兼四郎はそういうと弥右衛門の家を出た。

「兄貴、どうやって捜す？」

官兵衛が歩きながら聞いてくる。

「滝澤新九郎は十月あまり、この村に住んでいた。姿を見かけたという者は少なくないはずだ」

「旦那、さっき通ってきた町屋に、滝澤らが出入りした店があるのでは……」

定次が東にある柳島境町を見ていう。そこは代官と町奉行の支配地になっていた。

村外れの小さな町屋なので、小店が数軒あるのみだ。小間物屋に薪炭屋《しんたんや》、万屋《よろずや》、それに煎餅屋と茶屋があった。いまはその時季ではないが、近くの梅屋敷に来る行楽客をあてこんで、梅干しも売っている。

聞き込みをすると、滝澤新九郎らしき侍を見た者は何人もいた。

「お侍は四人ほどいらっしゃいますよ。それに使用人が二人ほどいたはずです。村の娘を女中にしていると聞いたことがありますが、女中を見たことはありません」

「その侍たちがいまどこにいるかわからぬか?」

「吾作さんの家じゃないでしょうか……。四、五日前にも見かけましたが……」

兼四郎の問いに答える茶屋の主は、小首をかしげた。

滝澤新九郎たちは四、五日前に吾作の家を出て、どこか別のところに移ったのだ。

「官兵衛、おぬしが世話になった茂作は、滝澤らを見ているといったな」

「そんなことをいっていた」

「茂作の家にもう一度行ってみようか」

兼四郎はいうなり歩き出していた。

それにしてもなぜ、滝澤新九郎はこんな村に住みついたのだろうか。そのことが兼四郎には疑問である。滝澤新九郎は改易になったとしても、元は御書院番の組頭。地位も名誉も、さらには家や財産もなくし平侍になったとしてもそれなりの矜持《きょうじ》はあるはずだ。

それなのに都落ちをしたように貧しい村に隠棲《いんせい》している。いや、隠棲といっていいかどうかわからないが、とにかく江戸の中心地を離れている。

改易は武士にとっていたって不名誉なことだ。刃傷に及んだのには、それなりのわけがあったかもしれぬが、結果的には汚名を着せられ、悪評さえ立っているだろう。

そうであれば、人目を避けるために村に引きこもったのかもしれない。しかし、居着いた村の百姓一家を殺している。

されど、滝澤新九郎のことを教えてくれた浜蔵からはそんな話は出なかった。茂作の家に戻ったが、やはり留守のままであった。夕刻まで野良仕事をしているのかもしれない。

「旦那、飯を食っておきますか?」

定次が持参してきたにぎり飯の包みを広げた。

「食っておこう」

応じたのは官兵衛である。

三人は茂作の家の縁側に座って昼食にかかった。高く昇った日はじりじりと大地を焦がしている。あちこちから蟬の声が聞こえてきて、稲田の上を燕が飛び交っていた。

飯を食べ終えても、茂作の帰ってくる気配はない。

「少し村を歩いてみようか。出会った百姓に聞いていけば、滝澤らの行方がつかめるかもしれぬ」

「そうしたほうがよいと思います」

定次が同意して立ちあがった。兼四郎と官兵衛も腰をあげて茂作の家を出た。

三人はそのまま北十間川沿いの道を東に辿った。

野良仕事をしていた二人の百姓に、村を歩く侍のことを聞くと、二人とも侍の姿を見たといった。しかし、その日のことではなく、数日前だという。

どこに住んでいるか知らないかと訊ねても、首をかしげるだけだった。それからしばらく行った川岸に、葦を伐《き》り集めている百姓がいた。

「ええ、見ましたよ。常光寺の近くでも見たんで、あの寺のそばに住んでいるんじゃないですか」

百姓は鼻水をすすりながら、川の反対側にある寺を指さした。

兼四郎たちは早速行って見ることにしたが、わたる橋がない。しかし、ひとりの百姓が使っているらしい小舟があった。それを拝借して川をわたり、常光寺の近くまで行ったとき、一軒の百姓家の庭に、ひとりの侍がいるのが見えた。

「いたぞ」

官兵衛がいうまでもなく、兼四郎も気づいていた。

四

その百姓家に近づくと、庭にいた侍も兼四郎たちに気づき、短く凝視《ぎょうし》したあと、すぐ家のなかに消えた。

（ひょっとして……）

兼四郎は心中でつぶやきを漏らして、足を進めた。

家の前に来たとき、さっきの侍がまた戸口から出てきた。さっきは持っていなかった刀を手にしている。

「何者だ？」

相手が問うてきた。怒り肩で肉付きのよい丸顔だ。警戒心の勝った目をしている。

「この辺を散策しているのだ」

兼四郎はそう答えた。

相手は眉宇をひそめ、官兵衛と定次にも視線を送った。土間奥にもうひとりの男がいるのがわかった。使用人風情だ。そして座敷奥で女の影が二つ動いた。

「ここはそなたの住まいであろうか？」

「いかにも。お手前はどこからいらっしゃった？」

「江戸だ。四谷のほうだ」

「役人であろうか……」

「浪人だ。そなたは何故、こんな村に住んでいる？」

「手前の勝手であろう」

不遜《ふそん》な物いいをする。

「訊ねるが、滝澤新九郎という元旗本を知らぬか？」

兼四郎は表情の変化を見るために相手を凝視した。

「滝澤……いや、知らぬな。その男に用でもあるのか？」

相手は表情を変えなかった。だが、気を張っているのがわかる。戸口そばの土間に立っている使用人らしき男はまばたきひとつせず、やり取りを眺めている。

「このあたりに住んでいる方だと聞いたので、もしやそなたかもしれないと思ったのだ」

「知らぬな」

「お手前はまだ若そうだが、何もないこんな村で暮らすとは、よほど風流人なのであろうな。のんびり暮らすにはさぞよいところであろう」

兼四郎は相手の視線を外し、あたりを眺め、官兵衛と定次におまえたちは黙っていろと目顔でいい聞かせた。意思は伝わったらしく、二人ともかすかにうなずいた。

「そなたは浪人であろうか？」

「さようだ」

「拙者は八雲兼四郎と申す。そなたは……」

相手は短く躊躇ったが、

「西馬場左之助だ。用がなければ帰ってもらえまいか。取り込んでいるのだ」

「優雅な暮らしのなかにも忙しいことがあるのでござるか」

「身共の勝手だ」

「いやいや、これはご無礼を。ではこれにて……」

兼四郎はそのままきびすを返して、左之助のいる百姓家から離れた。

「やつはあやしい」

官兵衛がしばらく行ったところで口を開いた。

「たしかに……。あの家を見張ろう。滝澤新九郎は三人の家士と二人の中間を雇っているといった。そして、女中が二人いると、滝澤から逃げた浜蔵はそういった」

「あの家には二人の女がいた」

「いかにも。おそらく滝澤新九郎の新たな塒《ねぐら》と考えてよいだろう」

「しかし、なぜ柳島村からここへ。吾作の家より、いまの家は小さくて古いですよ。家の造りもよくない」

　定次が首をかしげる。

「おそらく中間の浜蔵に逃げられたからだろう。滝澤は浜蔵を殺したと思っているかもしれないが、殺される前に自分のことを浜蔵が誰かに話していると考えたのかもしれぬ。用心のために家を移った。そう考えることはできる」

「とにかく滝澤新九郎を見つければよいだけのことだ。兄貴、どこで見張る？」

　しばらく行ったところで官兵衛が立ち止まった。まだ日はあかるい。周囲には青田が広がっているが、木立もあれば小さな林も点在している。

　西馬場左之助と名乗った男のいる家は、常光寺のすぐそばだ。しかし、うまく見張ることのできる場所がない。

「旦那、あの家はどうです？」

　定次が一町ほど離れたところにある百姓家を指し示した。さっきの家から少し離れすぎているが、見張ることはできる。

「よし、あの家に行こう。さっきの男に不審がられないように、少しまわり道をしよう」

「あの家に滝澤新九郎がいれば、さっきのあの男か土間にいた使用人風情の男が動くはずだ」

官兵衛は背後を振り返っていう。

「おれの勘が外れていなければ、土間にいた男が清次という中間だろう。逃げた浜蔵を襲った男だ」

「しかし、あの家には滝澤らしき男はいなかった。三人の家士がいるというが、その姿もなかったな」

官兵衛が兼四郎に懐疑的な顔を向けた。

「滝澤が別の村にいるというのは考えられぬか……」

「だが、さっきの西馬場と名乗った男はあやしい。とにかく見張りをして様子を見よう」

「旦那、あっしが話をしてきます」

定次はそういうと、見張場にする百姓家に走って行った。

「見えなくなった」

西馬場左之助は雨戸の隙間から兼四郎たちをひそかに見張っていたが、その姿を見失った。まわりには稲田が広がっているが、百姓地には起伏があり、また雑木林も点在している。八雲兼四郎と名乗った侍と他の二人は、雑木林の脇を通る野路に消えたのだ。

「いかがいたします」

清次が横に来ていった。

左之助は清次のでこ面をにらむように見た。猫背で奥目だ。滝澤新九郎の忠僕だが、左之助はこんな残忍な男はいないと、心の隅で畏怖していた。

「殿様は亀有村に行かれている。戻りはいつになるかわからぬのだ」

「亀有まで用水沿いに歩いて行くとおっしゃっていました」

用水というのは古綾瀬川《ふるあやせがわ》から北十間川の境橋《さかいばし》まで流れている中居堀《なかいぼり》のことだ。

「亀有までいかほどあるかわかるか？」

清次は首を横に振った。

左之助は奥にいるおさちとおとめを振り返って声をかけた。

「おまえたち、この村から亀有までいかほどの道程《みちのり》であるかわかるか？」

おさちとおとめは萎縮しながら互いの顔を見合わせた。

答えたのはおさちだった。

「おそらく一里半ぐらいだと思います。二里はないはずです」

か細く震える声だった。左之助をこわごわとした目で見てくる。

「急げば半刻で着けるか……」

左之助は独り言のようにつぶやく。八雲兼四郎なる侍は、主の滝澤の名を口にしたのだ。どういう素性《すじよう》の男なのかわからないが、気味が悪かった。それにこのことは急いで滝澤に知らせなければならない。

「亀有へ行かれるので……」

そう聞く清次を、左之助は凝視しながら考えた。

「亀有に行ったとしても、殿がどこにいらっしゃるかわからぬ。行きちがいになるかもしれぬ」

「では、どうなさいます」

左之助は表に目を向けた。

「やつらはまた来るやもしれぬ。見張っておくのだ」

五

亀有村は何もないところだった。

「こんな村に来て損をした気分だ。田圃しかないではないか。それに百姓家も少ない」

滝澤新九郎はがっかりしてぼやいた。

「いかがなさいます。帰りますか？」

大倉忠三郎が隣に並んで問うた。

「うむ。されど、せっかく遠くまで来たのだ。何か得るものはなかろうか」

新九郎はあたりに視線をめぐらせる。

「わしに磯原小五郎と名乗った浪人らは、こんな村で何をしておったのだ。江戸に行く途中で休んだだけであろうか……」

新九郎の疑問には誰も答えられないでいたが、岸根高之丞が進み出て口を開いた。

「あの浪人らはもっと遠くからやってきたのではないでしょうか。この村のずっと北のほう」

「北へ行けばどこに辿り着く」

「先ほど道を訊ねた百姓によれば、この道は水戸に通じているそうです。また、千住宿《せんじゅしゅく》にも通じているといいます。つまり、日光道中《にっこうどうちゅう》にもつながっているということになります」

「日光と水戸か……」

日光には権現《ごんげん》（家康《いえやす》）様を祀《まつ》る東照宮《とうしょうぐう》がある。水戸は御三家の徳川左近衛権少将《とくがわさこのえごんのしょうじょう》の国。いまになっては縁のない上つ方《うえつかた》である。

新九郎はふんと鼻を鳴らして、

「戻ろう」

と、いってそのまま用水沿いの道を引き返しはじめた。

炎天である。野路には強い草いきれが立ち昇っており、用水は見るからにぬるそうだ。蛙《かえる》の声にまじって、あちこちから蟬の声が聞こえてくる。

「殿、古綾瀬川へ出たら、曳舟川《ひきふねがわ》沿いに戻りませぬか。せっかく遠出してきたのです。同じ道を辿るのはいかがなものかと」

「ふむ、さようであるな。そなたは気の利いたことをいう」

新九郎が感心するように、岸根高之丞は鋭敏な男だった。細身の体ではあるが、大倉忠三郎に引けを取らぬ剣の腕を持っている。見た目は頼りなさそうだが、じつはもっとも新九郎が頼りにしている家来だった。

「殿、ひとつお訊ねしてよろしいでしょうか」

「なんだ」

新九郎はちらりと高之丞を見た。

「殿は国造りをされるとおっしゃいますが、それはどこでございましょう。場所はお考えにあるんでございまするか？」

「考えている。多くの旗本は采地を持っている。持っているがその采地に行ったことのある者は少ない。つまり、采地がいかようになっているか知らぬということだ。百姓らは年貢を届けてくれるが、それにもあまり関心を払わぬ」

「すると、どなたかの采地に……」

「うむ」

「いったいどなたの采地をお考えで……」

「誰でもよい。手頃な土地を見つけるだけだ。されど、あまり江戸から離れていないところがよい」

「よきところが見つかればよいですが……」

新九郎はもう一度高之丞を見てから言葉をついだ。

「いまいる百姓家から北十間川沿いに東へ行けば、中川に出る。中川を少し下って対岸にわたったところに西小松川村《にしこまつがわむら》がある。一度上様の鷹狩りのお供をしたときに立ち寄ったが、あの村はかつては北条家《ほうじようけ》の所領であった。その後太田《おおた》某《なにがし》の支配地になったようだが、いまは御料所と采地に分かれているはずだ」

この辺は新九郎にも曖昧《あいまい》だった。

「江戸の町屋ほどではないが、それなりの商家もある。中川の対岸は両国《りようごく》につながる竪川《たてかわ》だ。舟があれば、江戸へ行くのは造作ない」

「いつ西小松川へ……」

「少し稼いでおかねばならぬ。西小松川へ移ったら、悪さはできぬゆえ、それまでに金がいる。西小松川で小さな国を造る。そのときは百姓が宝だ」

「百姓が宝……」

「さよう。権現様もおっしゃった。百姓は生かさぬように、殺さぬようにとな」

新九郎はふふふと、小さく笑った。

高之丞は感心したふうな顔をしてついてくる。

古綾瀬川まで来ると、少し上流に遡《さかのぼ》る恰好で進み、曳舟川に出たところで岸沿いに歩いた。

「茶屋は見あたらぬか。少し休もうではないか……」

「先のほうにあるやもしれぬ。乙助、見てまいれ」

大倉忠三郎が指図をすると、荷物を持っていた乙助が川沿いの道を駆けていった。

曳舟川は葦に覆《おお》われていたり、少し蛇行して見通しが利かない。しばらく行くと、乙助が駆け戻ってきた。

「殿様、この先に茶屋があります。ですが、浪人がいます。磯原小五郎の仲間です」

「なに……」

新九郎は前方に目を注いだが、そこから茶屋は見えなかった。

「逃げた浪人は三人だったが、間ちがいないか？」

「へえ、間ちがいありません」

小心な乙助は顔をこわばらせていた。

「よし、家来にならぬかと持ちかけてみるか」

「え、あの者たちを……」

忠三郎が驚いた顔をした。

「家来は多いほうがよい。そうであろう」

新九郎は少し足を速めた。

一町ほど行くと、道の左側に粗末な茶屋があった。床几に座っている侍がたしかにいる。しかも三人だ。尻尾《しっぽ》を巻いて逃げた磯原小五郎の仲間である。

その三人が新九郎たちに気づいて、床几からさっと立ちあがった。

六

床几から立ちあがった三人は、刀の柄《つか》に手をやり、鯉口を切った。剣呑《けんのん》な目でにらんでくるが、新九郎はかまわずに近づいた。

間合い三間で立ち止まる。その距離ならいかようにも対応できる。

「先日はご挨拶《あいさつ》であったな。そうとんがることはない」

三人の浪人は黙したまま警戒心を強めている。

「斬り合いはごめんだ。わしにはその気はない。落ち着いてくれぬか。それとも、仲間の遺恨《いこん》をここで晴らしたい所存であろうか」

やはり三人は黙っている。じりじりと足を広げ、身構えもする。

「相談があるのだ。気を立てずに話を聞いてもらえまいか」

「何の話であろうか」

真ん中に立つ尖り顎だった。

「その前に、お手前らはどこからまいったのだ？」

「上野沼田《こうずけぬまた》である」

やはり尖り顎が答えた。

「すると……土岐《とき》家《け》の者であるか？」

尖り顎は眉を動かした。他の二人も少し驚いた顔になった。

「ご存じで……」

尖り顎が口調を変えた。

「詳しく知っているわけではないが、上野は大変であろう。もしや、土岐信濃守《しなののかみ》家中の者ではなかろうな」

三人はまた意外だという顔をした。

「わしは公儀に仕えていた者だ。少なからず知っておるのはさようなことである」

「すると幕臣でござったと……」

「いかにも。されど、いまは自由の身だ。刀から手を引いてくれぬか」

新九郎があくまでも穏やかに話すので、三人はわずかに警戒心を解き、刀から手を放した。

「少し、座って話そう」

新九郎は茶屋の床几に座り、そなたらもこれへと促し、茶屋の婆《ばばあ》に麦湯を注文した。他の仲間もそれぞれに腰を下ろした。

「先だっては荒っぽいことをしてすまなんだ。あのようなことになるとは思いもいたさぬことだったのだ。仲間を失い、さぞや腹立ちであろう」

三人はキュッと口を引き結び黙っている。

「わしが憎いか。まあ、憎まれてもしかたないだろうが……」

「相談とはなんでございまするか？」

尖り顎が聞いてくる。

「わしは国を造ろうと考えておる。これにいるのはわしの家来ではあるが、いずれ国の家老になる者たちだ」

三人は大倉忠三郎と岸根高之丞を見た。

「国を……」

「もし、そなたらがわしについてくるならよきに計らうが、いかがであろうか？」

新九郎は三人を順繰りに眺めた。

麦湯が運ばれてきたので早速口をつける。

「国とおっしゃるのは、いかような国でございまするか？」

聞くのは小太りの団栗眼《どんぐりまなこ》だった。

「小さな国だ。幕府にも手を出させぬ、わしらだけの独立した国である」

団栗眼はさらに目を大きくした。

「さようなことができましょうか……」

尖り顎が首をかしげる。

「できるもできないも、造るだけだ。わしが長となって国を治める」

ワハハハと、いきなり団栗眼が笑い飛ばした。

心外なことに新九郎は眦《まなじり》を吊りあげた。

「笑い事ではない。わしは真面目に考えておるのだ」

「そんな夢のような話をして、身共らを釣るおつもりであろうか。はっきり申す。断る」

団栗眼はきっぱりといった。

新九郎は表情を引き締めた。

「信じぬか？」

「身共らは藩から切り捨てられ、浪人となった。辛酸《しんさん》を嘗め尽くして生きてきた。いかにもうまそうな話をされ、こき使われ、あげく追い放された。主君に忠実な家来でも、無用となれば、ひどい仕打ちである。うまい話に耳を貸す気はない」

団栗眼はすっくと立ちあがった。

「さような相談など聞く気にもならぬ。まいろう」

団栗眼は連れの二人に顎をしゃくった。

小馬鹿にされた新九郎はその場で斬り捨てたくなった。だが、その憤怒《ふんぬ》を必死に抑え込んで、

「どこへ行くのだ?」

と、聞いた。

背を向けて立ち去ろうとしていた三人は立ち止まって、同時に振り返った。

「江戸へ行き、職人になる。それが身共らの選んだ道だ」

尖り顎はそういうと、そのまま歩き去った。新九郎は目をぎらつかせて三人をにらんだ。

「殿、いかがなさいまする?」

忠三郎が刀の柄に手をかけて聞いてきた。

「愚かなことだ。職人になると申した。とんだたわけだ。されど、それが正しいのかもしれぬ。放っておけ。わからぬ者と話をしても詮無いことだ」

腹立ちはあったが、新九郎は自制して麦湯を飲みほした。

茶屋をあとにすると、そのまま曳舟川沿いの道を辿った。

「忠三郎、金を作らなければならぬ。村の若い娘を見つけて、話をつけてくれぬか」

新九郎は忠三郎に顔を向けた。

「また吉原《よしわら》へ？」

「手っ取り早く金を作るにはそれしかあるまい。いい玉でなくとも、若い娘なら岡場所でも高く売れる」

「では、今夜は村まわりでもいたしましょう」

七

日が落ち、村はすっかり暗くなった。

兼四郎たちは件《くだん》の百姓家を見張っているが、動きはない。日が暮れると雨戸が閉められ、戸口も閉められた。訪ねる者もいなければ、出ていく者もいない。

西馬場左之助のいる家は、空き家だったというのがわかった。住んでいた百姓は、浅間山の灰が江戸に落ちてまもなく村を捨てたらしい。

「あのときは畑の作物が全部だめになりました。欠落《かけおち》した百姓も少なくありません」

見張場にしている家の主がそういった。

つまり、西馬場のいる家の持ち主は村から逃げていったのだ。欠落は罰せられるが、この時期はそんな百姓があとを絶たず、村役も代官もお手上げ状態であった。

「兄貴、あの家の者は滝澤新九郎とは関わりがないのではないか。あの家にいるのは西馬場左之助といったが、ああいう浪人がいてもおかしくないご時世ではないか」

官兵衛がにぎり飯を頬張りながらいう。

「あっしも何だかそんな気がしてきました」

定次も茶を飲みながら同じようなことを口にする。

「うむ。だが、気になるのだ」

兼四郎は見張っている百姓家に二人の女と、目つきのよくない下僕《げぼく》みたいな男がいたことが気になっている。

浜蔵は、滝澤新九郎には中間が二人、女中が二人、そして家士が三人いるといった。たしかに見張っている百姓家には、そんな人数はいなかった。だが、臆病そうにしていた二人の女のことが気になる。

しかも、西馬場左之助があの家の主になっているなら、女中は二人もいらないはずだ。

「滝澤らは吾作という百姓一家を殺している。あの家と吾作の家はさほど離れていない。人を殺したら誰でも遠くへ逃げるだろう」

官兵衛が指先についた飯粒を嘗めながらいう。

「たしかにそうだろうが、あの死体は昨日今日殺されたのではない。少なくとも半年はたっているはずだ」

兼四郎は茶を飲みながら官兵衛に顔を向けた。

「すると、あくまでも西馬場という浪人が滝澤の仲間だと考えるのか……」

「そうではないといい切れぬだろう」

官兵衛はあきれたように太い首をすくめた。

三人は喜兵衛《きへえ》という百姓の家の縁側に座っているのだった。

雨戸を細く開けて、西馬場左之助のいる家を辛抱《しんぼう》強く見張っているが、官兵衛と定次は痺《しび》れを切らしている。

「滝澤があの家にいて、どこかへ出かけていると考えることもできる」

兼四郎はたくあんをつまんで齧《かじ》った。

「おれは他の村を捜したほうがよいと思うがな。もっとも明日になるだろうが……」

兼四郎はそういう官兵衛に顔を向けた。

「官兵衛、疲れたのなら少し休め。定次、おまえも休んでいい」

「旦那、近くまで行って様子を見てきましょうか」

定次が提案した。

「気づかれないように家に近づいて、西馬場らの話を聞けば何かわかるかもしれません」

一計である。

兼四郎は短く考えてから、

「よし、やってくれるか。だが、見つかったりするな。もしもということもある」

と、注意をうながした。

「わかっています」

　その前に小便をといって定次は腰をあげた。


　滝澤新九郎らは曳舟川が源森川と合流する近くにある小梅瓦町《こうめかわらまち》まで足を延ばし、一軒の小さな料理屋で夕餉《ゆうげ》を取ったところだった。

「左之助が待ちくたびれているかもしれぬ。そろそろ帰るか。忠三郎、村まわりをするにはもう遅いだろう」

　店を出たところで新九郎は大倉忠三郎を見て言葉を足した。

「今日はずいぶん歩いた。女捜しは明日にまわしたらどうだ。暗ければ女の見定めも狂うのではないか」

「たしかにおっしゃるとおりで……」

　忠三郎はそう答えて空を見あげた。夜空にはあかるい星が散らばっていたが、雲が増えていた。それに月は叢雲《むらくも》に隠れており、村は黒い闇に覆われていた。

　新九郎のそばを歩く乙助が、ぶら提灯で足許を照らしていた。蛙の鳴き声が水田からわいている。ときどき夜蟬の声も聞こえた。風は生温く、いやがうえにもじっとりした汗が浮かんでくる。

新九郎は歩きながら明日からのことを考えていた。まずは金を作るために女の手配をしなければならない。うまくいけば、そのまま小松川村に移る。

しかし、この男たちは素直に従ってついてくるだろうかという、一抹《いちまつ》の不安が心の片隅にあった。決して裏切りはしないと、起請文《きしょうもん》を書かせてはいるが、それはあくまでも取り決めに過ぎない。満足をさせる褒美を与えなければ、離れていくか、あるいは裏切るかもしれない。だが、そうはなるまいという自信もあった。

御書院番組頭を務めていた新九郎は人心掌握に長《た》けている。しかも、それまでのような寛大な扱いで家来の心を支配しているのではなかった。

じわじわとではあるが、いまの仲間には恐怖心を植えつけている。おれから離れたら、殺されるという恐怖心だ。ひとりが裏切れば、他の仲間が許さないという恐怖心がある。だから、この家来たちは、もし自分が裏切れば、他の仲間が黙っていないと思い込んでいる。浜蔵という中間は隙をついて逃げたが、清次に追われて殺されている。それも見せしめになっているはずだ。

（こやつらは裏切るまい）

新九郎はそう信じていた。

十間川に架かる又兵衛橋《またべえばし》をわたると、堀丹波守《ほりたんばのかみ》下屋敷の長塀がつづく。塀の向こうに、屋敷に植えられている高い欅《けやき》の木が空に伸びていた。茂った葉が風にざわめいていた。

長塀を過ぎるとまた暗い百姓地だ。村の家は闇に呑み込まれ、黒い輪郭《りんかく》だけとなっていて灯りはほとんど見えない。

「誰か来る」

緊迫した声を漏らしたのは、大倉忠三郎だった。それは、新たな塒にしている百姓家が近づいたときだった。

「乙助、灯りを消せ」

新九郎が命じると、乙助はすぐに提灯の火を吹き消した。

川沿いの道を黒い影が足早に近づいてくる。

「殿、ご用心を……」

忠三郎が新九郎の前に出て鯉口を切った。

岸根高之丞も前に出て、忠三郎の横に並んだ。

黒い影が立ち止まって、新九郎たちを凝視するのがわかった。

「何やつであろうか……」

新九郎がつぶやくと、またもや黒い影は早足で接近してきた。

第四章　雷雨

一

「殿様……」

黒い影が声をかけてきた。

「何だ、清次であったか」

大倉忠三郎が鯉口を納めて清次を迎えた。

「ずっと待っていたんでございます。昼間、殿様を訪ねてきた侍がいるのです」

清次の声はいつもよりこわばっていた。

「わしを訪ねてきた……」

「さようです。西馬場様がうまくあしらって返しましたが、どうにも気になるとおっしゃいます」

「どういうことだ？」

「はい、あっしもちょいと気になっています。殿様のことを訊ねた侍の他に、もうひとり侍がいまして、使用人らしき小者も連れていました。八雲兼四郎と名乗りましたが、殿様のお知り合いでしょうか？」

「八雲、兼四郎……いや、知らぬ名だな。それでその者たちはどうしたのだ？」

「どこかへ行きましたが、西馬場様は見張られているかもしれないと用心されています。あっしは闇に紛《まぎ》れてきたので見つかっていないはずです。気をつけたほうがよいと思いますが……」

「左之助が、その八雲らの応対をしたのだな」

「さようです」

新九郎は闇に包まれている村に視線をめぐらした。

「よし、左之助から話を聞こう」

新九郎が足を踏み出すと、忠三郎が気になることを口にした。

「まさか、吾作の家のことが露見したのでは……」

「露見したとしても、町方の調べにはならぬ」

「このあたりは代官領です。代官の手先と考えることはできます」

新九郎は内心で身構えた。関東代官が調べをすればどうなるのだと、これまで気にしなかったことが気になった。

「殿様、見張られているかもしれませんので、あっしについてきてください」

迎えに来た清次は、川岸に茂っている葦や、木立を利用しながら道案内をはじめた。乙助がぶら提灯に火を入れようとしたので、つけるなと注意も怠らない。


「どうであった？」

定次が戻ってくるなり、官兵衛が聞いた。

「何も聞けませんでした。あの家は静かなものです。家のなかに灯りがつけられているのはわかったのですが、話し声は聞こえません。ひょっとすると、もう寝ているのかもしれません」

「寝るにはまだ早い気もするが……」

兼四郎は遠くの闇を見てつぶやいた。

まだ五つ（午後八時）の鐘を聞いていないのだ。

「兄貴、西馬場という侍は、滝澤新九郎とは関係ないのではないか」

「ふむ」

兼四郎は納得いかないが、そうかもしれないと思いもする。

「それにしてもあの西馬場という者は、欠落した百姓の家に無断で住みついているのか……」

「家のことはわからぬが、田畑は代官の差配で村の者たちに分けられると聞いたことがある。欠落人が戻ってきても、屹度叱《きっとしか》りで終わるから、家は空き家になってもそのままなんだろう」

官兵衛は爪楊枝で耳の穴をほじりながらいう。

「よく知っているな」

「そんな話を聞いたことがあるんだ。詳しいことまでは知らぬが……。それでどうするんだ。まだ見張りをつづける気か？」

兼四郎は半ばあきれ顔をしている官兵衛を短く眺めてから、

「明日、他の村を捜すことにしよう」

といって、見張りを打ち切った。

「あやしい……どうあやしいと申す？」

常光寺そばの百姓家に戻った新九郎は、留守をしていた左之助から話を聞いたあとで問うた。

「胡散臭《うさんくさ》いのです。まずもって、殿のことを真っ先に聞いたことが気になります。しかれど、殿は八雲兼四郎なる侍はご存じないのですね」

「さっきから知らぬ男だといっているだろう。それにしてもなぜ、わしの名を知っておるのだ？　しかも、この村で……」

新九郎は行灯の仄明かりによってできた自分の影を眺めた。周囲の者に自分が柳島村や亀戸村に行くと漏らしたことはない。誰にも話していないし、またお家断絶となったあとは、配下の組衆にも与力や同心にも会っていない。

「殿、もしや他の組にいた与力や同心というのは考えられませぬか」

岸根高之丞が顔を向けてきた。

「ふむ。それはあるかもしれぬ……」

御書院番は十組ある。各組には八十人ほどの者がいるので、すべての者の名前と顔など覚えきれるものではない。

「あるかもしれぬが、こんな村に来てわしの名を口にしたというのが引っかかる」

新九郎がつぶやくように言葉を足したとき、戸口で物音がして清次が土間にあらわれた。

「いかがであった?」

清次は家のまわりを見廻りに行って帰ってきたのだ。

「あやしい影はありません」

「そうか。気をまわしすぎるのは面倒だ。もし、その八雲なる侍がわしに用があるなら、会って話を聞いてやろう。こそこそすることはない。そうではないか」

新九郎は少し声を大きくしてみんなを眺めた。

「拙者もさように思いまする」

大倉忠三郎がもっともらしい顔で応じた。

「少し疲れを取ろう。おさち、おとめ、酒の支度ができておるなら、これへ運べ」

新九郎は隣の居間におとなしく控えていた二人の女中に命じた。

二

夜半から雨が降りはじめた。

雨音で目を覚ました兼四郎は、暗い家のなかを眺めた。

隣で大の字になり腹を突きだして寝ている官兵衛は、盛大な鼾《いびき》をかいている。

定次は部屋の隅で、寝息を立てて眠っていた。

兼四郎はもう一度眠ろうと思ったが、雨音と官兵衛の鼾で眠れない。半身を起こし、縁側に出て表を見た。まっ暗だ。

西馬場左之助が住んでいる百姓家のほうに目を向けたが、雨と夜の闇で何も見えなかった。

夜具《やぐ》に戻り、眠れぬまま煙草を喫んで夜明けを待つことにした。

しばらくして、遠くから雷の音が聞こえてきた。庇から落ちる雨のしずくが、ポトポトと大きな音を立てるようになった。

「何だ、起きていたのか……」

官兵衛が眠そうな声をかけてきたのは、接近してきた雷が閃光《せんこう》を放ち、轟音《ごうおん》を響かせたあとだった。

「眠れなくなったのだ」

「ひでえ雷だな」

官兵衛はぼりぼりとはだけた胸をかきながら半身を起こした。

「雷は去るだろうが、雨の降りが強い」

「やみそうにないか」

「どうであろうか……」

そんな話をしていると、家の主の喜兵衛がやってきた。

「おはようございます。ひどい雨になりましたね。飯の支度をしますのでしばらくお待ちください」

喜兵衛は丁寧な挨拶をして台所のほうへ下がった。

「親切な百姓でよかった」

兼四郎は喜兵衛を見送っていった。女房はおたみといって、小柄な女だった。喜兵衛が三十三、おたみは二十七のはたらき盛りだ。米作りが主だが、桑畑《くわばたけ》の他に青物用の畑も持っていた。

しかし、浅間山噴火の灰を被った土地は痩せ、青物は取れにくいという。代わりに薩摩芋や里芋、そして牛蒡を栽培していた。このあたりの稲田は育ちがよいように見えるが、じつはちがうらしい。

「土が悪くなっているんで、枯れたり腐ったりするんです。見た目の半分も取れりゃ御の字でしょう」

喜兵衛はそんなことをいった。

おたみとの二人暮らしで、子は作らないようにしているという。作れば、子供に貧乏を強《し》いることになる。そんなことはしたくない。ご先祖様には申しわけないが、この家は自分たちの代で終わりだと、淋《さみ》しげな顔をしていった。

「この雨です。今日はどうします？」

さっき起きたばかりの定次が、厠《かわや》から戻ってきていった。

兼四郎は縁側に立ち、雨戸を開けて表を見た。横殴りの雨が斜線を引いていた。西馬場という侍の家は雨に烟《けぶ》って見えない。

「まだ、気にしているのか？」

官兵衛が声をかけてきた。

「この雨だ。滝澤新九郎も今日は動かぬだろう。だが、あの家に……」

「兄貴もしつこいことをいうね」

官兵衛があきれたような顔をして、寝乱れた着衣を整え、

「飯はまだだろう。おれが様子を見に行ってくる」

と、刀をつかむ。

「ならばおれが行く」

「いや、おれが行ってくる。ちょいとそこじゃねえか。どうってことないさ。滝澤がいるかどうか、はっきりさせないと兄貴はすっきりしないんだろう。なに、心配はいらぬ」

官兵衛はそういうと、

「おい、喜兵衛。傘を貸してくれ」

と、いいながら台所のほうへ歩き去った。

「旦那、あっしもついていきましょうか」

定次が顔を向けてきた。

「官兵衛にまかせておこう。あやつ、おれに気を使いやがって……」

兼四郎は官兵衛の思いやりを無駄にしてはならぬと考えた。それに、万が一のことを考えると、二人で西馬場の家に近づくより、ひとりのほうが目立たない。

しばらくして、じゃあ行ってくると、官兵衛が土間から声をかけてきて、そのまま戸口を出て行った。

兼四郎は縁側に立って見送ったが、官兵衛の姿はすぐに桑畑の陰になって見えなくなった。

雨は強く降っているが、風も出ていた。近くにある雑木林がざわついていた。

すぐそばに立つ高い欅も風にあおられている。

外の様子を眺めた兼四郎は、

「定次、茶をもらってきてくれぬか」

と、座敷に戻っていった。

三

「これじゃ、傘は用をなさぬな」

官兵衛は野路を辿りながらぼやく。雨が横殴りに吹きつけてくるので、傘を飛ばされないようにすぼめて歩く。

遠くの景色は雨に烟り、紗《しゃ》をかけたようにかすんでいる。

桑畑をまわり込むと、二本の細い杉が風に大きく揺れていた。

西馬場左之助のいる百姓家がはっきり見えるようになった。雨戸も表戸もしっかり閉められている。

兼四郎はあくまでもあの家に、滝澤新九郎がいるのではないかと疑っているが、官兵衛はそうは思っていなかった。もし、兼四郎の考えどおりなら、西馬場は滝澤の仲間ということになる。

しかし、昨夜も定次が探りを入れており、人の話し声はしなかったといった。滝澤が仲間と家に戻っていれば、話し声のひとつぐらいは聞こえたはずだ。滝澤には三人の家来と二人の中間、そして二人の女中がいるのだ。それだけの人数が集まって、黙って夜を過ごすとは思えない。

(まあ、たしかに気になることはある)

官兵衛は内心で独りごちる。

それは西馬場の家に若い二人の娘がいたことだ。二人とも怯えたような顔をしていた。だが、あの二人は滝澤の女中ではなく、西馬場の娘かもしれないし、縁のある女とも考えられる。

(行ってたしかめればわかることとだ)

西馬場の屋敷内に入った。小さな百姓家で傷みが激しい。おそらく雨漏りがしているだろう。もとは欠落した次郎作《じろさく》という百姓の家だ。

戸口前で耳を澄ますと、人の声が聞こえた。何を話しているのか、雨音で聞き取れないが、西馬場が使用人の男と話しているのだろうと思った。

「ごめん、朝早くからお邪魔いたす。西馬場殿、おいでか」

官兵衛は声をかけて傘を畳んだ。家のなかが一瞬静かになった気がした。

「西馬場殿、おらぬのか？」

官兵衛はそのまま戸を引き開けた。目の前に西馬場左之助が立っていた。官兵衛を見るなり驚いた顔になり、

「あ、貴公は……」

と、つぶやいた。

そのとき、官兵衛は奥に人の姿を見た。ひとりではなかった。昨日はいなかった侍が二人、そして座敷にもひとりの侍がいて、にらむような眼光を向けてきた。

「もしや、そのほうは滝澤新九郎と申すのではないか……」

官兵衛が座敷の侍に声をかけた瞬間だった。稲妻《いなずま》があたりをあかるくしたと同時に、目の前に立つ西馬場左之助が左手に持っていた刀を鞘走《さやばし》らせたのだ。

官兵衛は太った体に似合わぬ敏捷《びんしょう》さで後じさるなり、閉じていた傘を投げた。西馬場は傘をたたき切って、戸口から出てきた。

官兵衛はぬかるむ地面を嫌がり、踏ん張りの利く地面を探す。その間に西馬場が間合いを詰めてくる。

官兵衛は抜いた刀を青眼《せいがん》に構え、西馬場の撃ち込みを警戒しながらにじり下が

る。雨があっという間に髪を濡らし、着衣も濡らしていく。雷鳴が轟《とどろ》いたが、それはもう遠くにあった。

「きさま、嘘をついておったな」

官兵衛は歯嚙《はが》みをするような声を漏らし、濡れている刀の柄をつかみ直す。西馬場はじりじりと間合いを詰めてくる。隙がない。

(こやつ、なかなかの手練《てだ》れかもしれぬ)

内心のつぶやきは余裕があるからではなかった。機先を制されているので、官兵衛は後手にまわっている。

「遠慮はいらぬ。斬り捨てるのだ」

西馬場のあとから戸口を出てきた男がいった。赤ら顔だ。しかも仁王面である。

「逃がしてはならぬぞ」

仁王面のあとから出てきた男だった。こちらは細身だった。

「くそッ」

官兵衛は吐き捨てるなり、牽制《けんせい》の突きを入れた。西馬場はすり落として、刀を横薙《よこな》ぎに振ってくる。官兵衛は下がってかわしたが、横合いから斬り込まれた。

とっさに刀を立てるようにして受ける。キーンと耳障《みみざわ》りな音が響いた。両者はとっさに離れたが、西馬場が袈裟懸《けさが》けに斬り込んできた。

官兵衛は擦りあげて体を寄せた。鍔迫《つばぜ》りあう恰好になった。だが、右にいる仁王面が撃ち込もうとしている。官兵衛は力まかせに西馬場を突き飛ばした。勢いがあったので、西馬場はぬかるむ地面に尻餅《しりもち》をつく。

刹那《せつな》、仁王面が撃ちかかってきた。官兵衛は刀を撥《は》ねあげるようにして受け、そのまま半間ほど跳びしさった。ところがそこに、もうひとりの細身の男が待ち構えていて、着物の袖を切られた。

官兵衛はハッとなって下がる。一対三では勝ち目がない。こやつらは手練れだ。官兵衛のなかに焦りが芽生えていた。ここは斬り合いを避けて逃げるべきだ。

だが、三人は油断なく動き、官兵衛の逃げ道を塞《ふさ》ぐような立ち位置にいる。いまや前方と両脇を囲まれた恰好になっていた。

「きさま、何者だ？」

仁王面が問うた。

「浪人奉行の家臣、橘官兵衛。村での狼藉《ろうぜき》は許さぬ」

官兵衛が息を切らしながらいうと、仁王面は眉宇をひそめた。

大した時間はたっていないが、官兵衛は汗だくになっていた。その汗を雨が洗って流す。息があがり、肩が激しく動く。

「小癪《こしゃく》なことを……」

仁王面はそう吐き捨てると、右にまわりこんで斬り込んできた。官兵衛は半身をひねってかわしたが、西馬場が斬り込んでくるのが見えた。受けようとしたが、間に合わなかった。

ビシッと左腕を斬られた。肩口が裂け、血が噴き出るのがわかった。興奮しているので痛みは感じないが、斬られたことで心が怖《お》じけた。

(まずい、こんなところで殺されてたまるか……)

歯を食いしばって刀を構え直した。

西馬場が詰めてくる。怒り肩で肉付きのよい丸顔。双眸を光らせ、刀を八相《はっそう》に構えた。他の二人も官兵衛に詰め寄ってくる。

「とりゃあ!」

裂帛《れっぱく》の気合いを発して西馬場が斬り込んできた。

官兵衛は受けて下がろうとしたが、ぬかるんでいる地面に足が滑り、尻餅をついた。慌てて起きようとしたが、西馬場が斬り込んでくるので転んで横に逃げる。

何度も転げ回り、泥まみれになっていた。西馬場が雨を切り裂きながら刀を振ってくる。耳許でビュンビュンと、身を竦《すく》ませる音がする。

官兵衛は這うようにして立ちあがった。そこへ細身の男の一撃が官兵衛の腹のあたりを掠《かす》めた。いや、腹のあたりを斬られていた。衝撃は小さかったが、

（斬られた）

と、官兵衛は自覚した。

（いかん、逃げよう）

忙しく目を動かして三人の男を見た。細身がまた斬り込んでこようとしている。

「おりゃあ！」

官兵衛は兼四郎に届けとばかりに、大音声《だいおんじょう》を発して細身の男に鋭い突きを入れた。意表をつかれたのか、相手は数歩下がった。そのとき、西馬場が横から撃ち込んできた。

官兵衛はその刀を打ちたたくと同時に、足払いをかけた。見事決まり、西馬場

が地面に両手両足をついて這いつくばった。

それを見た官兵衛は素速く後じさり、十分な間合いができたところで身を翻して逃げに転じた。三人の追ってくる気配があったが、官兵衛は桑畑のなかに飛び込んで必死に逃げた。

四

「こちらへいらしてください。用意ができました」

官兵衛を待っている兼四郎と定次のいる座敷に、おたみがやってきて告げた。

「すまぬな」

兼四郎はそう応じてから、

「官兵衛は遅いな」

と、表を見た。

雷は去ったが、雨は相変わらずの降りである。

「この雨ですからね」

定次がそういって、どうしますと兼四郎を見る。

「おたみの厚意を無駄にするのは悪い。先にいただくか」

兼四郎と定次は台所そばにある板敷きの居間に移った。芋と南瓜の煮付け、茄子の味噌汁、胡瓜の浅漬け、そして炊《た》きたての飯が湯気を立ち昇らせていた。

「橘様は……」

喜兵衛が人のよさそうな顔で聞いた。

「次郎作という百姓がいた家を見に行っている。じきに戻ってくるだろう。先にいただくことにする」

兼四郎がそういって箸《はし》を取ったときだった。戸口でどしんという音がした。直後、官兵衛の声が聞こえてきた。

「あ、兄貴、斬られた」

「なにッ」

兼四郎と定次はすぐに立ちあがり、戸口へ行った。泥まみれになっている官兵衛が、上がり框《がまち》に倒れて息を喘がせていた。

「斬られたというのはどういうことだ」

「いたんだ。あの家に滝澤らがいたのだ」

「なんだと……」

兼四郎はさっと表を見たが、すぐに官兵衛に顔を戻した。

「斬られたといったが、どこだ?」

泥まみれなので傷口がわからなかった。

「腹と、この腕だ」

官兵衛は右手で左肩口を示した。たしかに血がにじんでいる。兼四郎は見せろといって傷口を調べたが、深い傷ではなかった。

「腹はどこだ?」

官兵衛は右脇腹を押さえた。兼四郎はそちらも見た。さいわい官兵衛の太った体が傷口を浅くしていた。血は出ているが大事に至るような傷ではない。

「手当てをする。その前に、着物を脱げ。脱げるか」

「ああ、大丈夫だ」

兼四郎は喜兵衛とおたみに声をかけて、薬はないかと聞いた。おたみが「あります、あります」と答え、おたおたしながら薬を持ってきた。傷に効く膏薬《こうやく》だという。

兼四郎はその間に、官兵衛の傷口を水で洗い流していた。そのことで傷口をはっきり見ることができたが、

「官兵衛、心配はいらぬ。傷は浅い。これならすぐに治る」

兼四郎は傷口に膏薬を塗り込み、おたみからもらった晒《さらし》の端切れで肩口を縛り、脇腹の傷には膏薬を貼ってやった。

「すまぬ。まさか、あやつらがいるとは思わなかったのだ」

官兵衛はひと息ついてから、西馬場の家を訪ねて、そこで目にしたことを詳しく話した。

「おそらく座敷にいた侍が、滝澤新九郎だろう。馬面で四十半ばに見えた。それにしても三人でかかってきやがって……」

官兵衛は悔しそうに奥歯を嚙む。

「浜蔵がおれに話したのと、同じ人数だ。やはり、滝澤はあの家にいるのだ」

「どうするのです？」

定次が落ち着きのない顔で聞く。

兼四郎は短く考えた。官兵衛はこの家に自分たちがいることは知られていないはずだというが、

「この家に万にひとつ迷惑をかけるわけにはいかぬ。定次、近くに神社があったな」

西馬場のいる家を見張るために近くを歩いたときに、兼四郎はその神社を見て

いた。

「へえ、水神社《すいじんしゃ》がありました」

「そこへ移ろう。雨風はしのげるはずだ。官兵衛、歩けるか？」

「むろん。こんな傷、なんのそのだ」

官兵衛は強がったことをいって、小さく笑んだ。

兼四郎は喜兵衛夫婦に世話になった礼をいい、心付けをわたして雨のなかに出た。


「浪人奉行……」

滝澤新九郎はこれで、五度目になるつぶやきを漏らし、天井の梁《はり》を見つめる。

「橘官兵衛という男は、たしかにそう申したのです」

大倉忠三郎が遠慮がちな声を漏らす。これも三度目であった。新九郎は視線を家来たちに戻して眺めた。

「さようなお役など聞いたことがない。さもなくば、上様が新しくお作りになったか。あるいは老中《ろうじゅう》か若年寄が……うむ、うむ」

飢饉のせいで荒れた世の中になっている。かような時期は幕政も突然変わり、新しい役職が置かれることがある。浪人奉行など聞き慣れないお役ではあるが、役目を解かれて早一年、その間にできたのかもしれぬ。

「いかがされます？」

忠三郎が膝《ひざ》をすって近づいてくる。

雨は降りつづいているが、先ほどより弱くなっていた。雷鳴もやんでいる。

「もしものことを考え、家移りをする」

「どこへ行かれます？」

新九郎は忠三郎の仁王面を短く見つめてから答えた。

「この天気だ。百姓たちはみな家にいるだろう。適当な家を見つけて世話になるしかあるまい」

「では早速にも」

忠三郎が差料《さしりよう》を引き寄せて立ちあがると、他の仲間も立ちあがった。

「清次、おさちとおとめを連れて行く。二人を頼む」

忠三郎が指図すると、清次は台所に向かった。

新九郎たちがその百姓家を出たのはすぐのことである。

行き先は決めていないが、北十間川沿いに西へ向かった。新九郎以下七人の行列になっているが、あいにくの雨が一行の姿を見えにくくしていた。それにどこの百姓家も戸を閉めきっていて、ひっそりとしている。

燕が雨を切るように飛んでいた。遠くの景色は雨と風にたなびく靄に烟っていた。

「殿、あれに見える百姓家はいかがでしょう」

境橋をわたってしばらく行ったところで、岸根高之丞が一方を指さした。

「家の背後に竹林、家のまわりには大きな欅と楠《くすのき》があります。百姓家にしては立派な家ではございませんか」

新九郎は高之丞のいう家を眺めた。以前から気になっている百姓家ではあった。手をつけなかったのは、村名主あたりの家ではないかと危惧していたからだ。村名主は代官とのつながりがある。あまり面倒を起こすと身の危険につながると、新九郎は躊躇い、そして用心をしていたのだった。

「貧しい村であっても、なかには裕福な百姓がいるものです。村の娘を見つけて苦界《くがい》に送り込むには手間がかかります。世の中には大きな商家に引けを取らぬ大百姓もいます。国造りの元手にできる百姓なら……」

高之丞は世故《せこ》に長けた目を向けてくる。途中で言葉を切ったが、新九郎はその先のことを読み取った。手を省けといいたいのだと。

「よし、訪ねてみよう。まずはわしが話をし、様子を見てから肚を決める。おぬしらはわしが指図をするまでおとなしく控えておれ」

新九郎は高之丞が目をつけた百姓家に足を進めた。そこは小村井村に接する請地村の東の地だった。

五

目をつけた百姓家に近づくと、遠くから見るより立派な家であった。茅葺き屋根は雨を吸って黒くなっているが、葺き替えられて間もないというのがわかった。木戸門があり、そばには大きな楠が、庭の隅には三本の欅があった。

（これは名主の家であるな）

新九郎は即座に思った。

大きく張り出した戸庇の下に玄関があるのだ。村名主にかぎって玄関を拵《こしら》えることが許されており、さらに、苗字帯刀《みようじたいとう》も認められている。

新九郎は威厳を保つために、一度空咳をして玄関に立った。話し声は聞こえないが、人の気配はあった。

「お頼み申す。……お頼み申す」

声をかけると、すぐに返事があった。男の声だ。

足音がして、戸ががらりと開かれた。まだ若い男だった。二十歳《はたち》かそこらであろうか。羽織袴姿の新九郎を見て少し驚いたような顔をした。

「わたしは滝澤新九郎と申す者だ。あやしい者ではない。村の見廻りをしているうちに雨にたたられ、難儀をしている。少し休ませてもらえまいか」

男は息を詰めた顔で新九郎を見て戸惑った。

「雨に濡れ、無様《ぶざま》なことになっておるが、お上に仕える旗本である。迷惑を承知で頼みを聞いてもらいたい」

新九郎は怪しまれぬように偽《いつわ》りを口にする。

男の目が背後の家来に動いたので、

「供の者たちだ」

と、すかさず言葉を足した。

「少々お待ちください」

男はそういって奥の土間に消えた。新九郎はすかさず家のなかに探る目を向けた。立派な柱があり、梁も太い。座敷は整然としている畳敷きだ。土間には米俵が積まれていた。

さっきの男が戻ってきた。同時に土間奥に五十前後の男と、女が姿を見せた。

「狭苦しく、汚いところですが、どうぞお入りください。わたしはこの家の長男で亥兵衛《いへえ》と申します。おとっつぁん、おっかさん、こっちへ」

亥兵衛は両親をそばに呼んで、

「幕府のえらいお殿様だよ。滝澤新九郎様とおっしゃる」

と紹介をすると、父親は甚兵衛《じんべえ》だと名乗り、女房をおよねだと紹介した。

赤子の泣き声が突然わき、奥の座敷から赤子を抱いた若い女があらわれた。こちらは亥兵衛の女房のおさきだと紹介を受けた。

「では、世話になる」

新九郎は仲間に声をかけて、玄関を入ってすぐの八畳の座敷に入った。襖を開けると、その奥にも八畳の座敷があった。広い家だ。

赤子をあやし終えたおさきとおよねが茶を運んでくると、主の甚兵衛があらためて挨拶をしに来た。

「ほう、やはり村の名主であったか。なかなか立派な家なので、そうではないかと思っていたのだ」

甚兵衛の苗字は小堀《こぼり》だった。急いで羽織をつけてきての挨拶だ。

「あいにくの雨のなか、お役目ご苦労様でございます。それで、殿様にひとつご相談したいことがあります」

甚兵衛は平身低頭《へいしんていとう》して遠慮がちにいう。

「何であろうか。わしで役に立つことであればよいが……」

新九郎はゆっくり茶を喫した。

「じつは昨年の秋頃から村でおかしなことがあるのです」

「おかしなこと……」

新九郎は湯呑みを茶托《ちゃたく》に戻して、百姓にしては色白の甚兵衛を眺める。額に三本の深いしわが走っていた。

「へえ、村の娘が突然神隠しにあったように消えたかと思えば、村の百姓の家に押し入って盗みをはたらく浪人がときどき出ているのです。なかには殺された者もいます。在から流れてくる浪人の仕業だと思うのですが、お代官様に相談を持ちかけてもいっこうに埒《らち》があきません。ここは御料所ですから、町奉行所にお願いしても聞いていただけません。そうはいっても、村を荒らす悪党の狼藉を許していれば、百姓たちはおちおち仕事にも出られません。ご存じだとは思いますが、田や畑は痩せて傷んでおります。当然作物の収穫も少のうございます。それでも年貢や小物成《こものなり》（租税）は納めなければなりません。殿様からその旨をお話しいただき、一日も早く手を打っていただきたいのですが、いかがでございましょう」

甚兵衛は両手をついて新九郎を窺い見る。

「狼藉をはたらく悪党浪人がいるとな……」

「さようです」

「その浪人らを見た者はいるのか？」

「村の百姓は遠くから見ています。怖がってしっかり顔は見ていないようですが……」

「それは困ったことだな」

新九郎は深刻そうな顔になって茶を飲み、

「この家にいるのは、そのほうらだけであるか？」

と、屋内に目を光らせた。

「手前の親は三年前に揃って亡くなりまして、いまは赤ん坊を入れての五人暮らしです」

（これは好都合）

新九郎は胸のうちでつぶやくや、背後に控える家来らを眺めた。くいっと顎をしゃくると、おもむろに忠三郎が立ちあがった。つづいて西馬場左之助も立った。岸根高之丞は座敷を下りて逃げ道を塞ぐように玄関に控えた。

その動きを見た甚兵衛が怪訝《けげん》な顔をした。

「のう甚兵衛、この家に休ませてもらい申しわけないが、ついでにこの家を預かろうと思う」

「は……」

甚兵衛が額に深いしわを寄せて目をしばたたいたと同時だった。新九郎は帯に差している脇差を素速く抜くなり、甚兵衛の胸を突き刺した。

それに合わせて忠三郎と左之助が動いた。隣の間でバタバタと音がしたかと思うと、断末魔の悲鳴があがり、絶叫とともに障子の倒れる音がした。突然泣きはじめた赤子の声も、やがて途切れた。

新九郎は悠然と座したまま残りの茶を飲んだ。

清次と乙助に挟まれる恰好で座っていたおさちとおとめが、顔色《がんしょく》を失って震えていた。

六

「官兵衛さん、洗ってきたので干しておきましょう。乾くまでに暇はかかると思いますが……」

定次が官兵衛の着物を洗ってきて、水神社のなかにわたした紐《ひも》に干しはじめた。

官兵衛は裸同然の姿で、板敷きで胡座をかいていた。脇腹の傷と腕の傷が痛々しくもあるが、それよりだぶついた腹のあたりの贅肉《ぜいにく》が目立った。はっきりいって醜《みにく》い体だ。

兼四郎が初めて出会ったときには、細い体つきだったのに、あっという間に太った。

「兄貴、どうするのだ？」

官兵衛が兼四郎に顔を向けた。

「やることは決まっている。しかし、この雨がくせものだ。もう少し小降りになるのを待つか」

兼四郎の肚は決まっていた。滝澤新九郎らのいる場所はわかっている。いまいる水神社からほどない場所だ。もはや見逃すことはできない。一気に攻め立てて成敗《せいばい》する。

しかし、相手は四人。官兵衛と戦った三人の侍はかなりの手練れだという。はて、おれひとりで片をつけられるだろうかと、わずかながらの懸念がある。

「この雨は当分やみそうにないぞ」

官兵衛はそういってくしゃみをした。へくしょん、へくしょんと二度。

「小降りになるのを待つか……」

兼四郎がそういえば、

「その間に官兵衛さんの着物も少しは乾くと思います。しかし、滝澤らはあの家から他に移ったりしていないでしょうね」

定次が気になることを口にした。

「おれもそれを考えているのだ。官兵衛は浪人奉行と口にしている。滝澤は元御書院番組頭。そんな役儀がないことは承知しているはずだ。あるいは、新たに設けられた役儀だと思うであろうか……」

「やつは家を潰されて一年はたつのだ。その後の幕府のことは知らぬだろう」

「すると、浪人奉行というお役があると思い込んだとしたら……」

「逃げると思います」

定次が答えた。

兼四郎はさっと定次に顔を向けて、逃げられたら捜すのに往生すると、内心でつぶやき、

「逃げられたら困るな」

と、無精髭の生えた顎のあたりをそっとさすった。

小さな社《やしろ》の庇から雨垂れがボトボトと落ち、音を立てている。兼四郎は胡座をかき、立てた刀を肩で支え持っていた。

「だったらこれから乗り込むか。おれのことなら心配はいらぬ。それに、仕返しをしなければならぬ。思い出すと腹が立つ。痛ェ……」

官兵衛は強く吐き捨てたとたん、怪我をしている脇腹に手をあてて顔をしかめた。

「……官兵衛、大丈夫か？」

「気遣い無用。傷がちくりとしただけだ」

官兵衛はそういって大きく嘆息した。

「様子を見に行きましょうか……」

社殿の階段に腰を下ろした定次が兼四郎を振り返った。喜兵衛の家で拝借してきた蓑《みの》を着込んでいる。

「うむ。ここで手をつかねている場合ではないかもしれぬ」

兼四郎はゆっくり立ちあがった。

「待て、おれも行く」

官兵衛が声をかけてきたが、兼四郎は首を横に振った。

「様子を見に行くだけだ。すぐに戻ってくる。いまは手出しをするつもりはない。まずは相手の動きを調べるだけだ」

「見つかればそうはいかぬ」

「うまくやる」

兼四郎はそのまま表に出た。定次が傘を持たせようとしたが、

「傘はいらぬ」

と、断った。

「しかし、濡れますよ」

「傘をさせば目立つ。まいるぞ」

兼四郎は菅笠の紐をキュッと引き締めてから足を進めた。身を曝《さら》さないように

木立のある野路を通り、土手に隠れるようにする。例の家の近くまで来ると、桑畑のなかに入って様子を見た。表戸も雨戸も閉まったままだ。

「裏はどうなっているのだ？」

兼四郎は定次を見た。

「裏は川沿いの道と、寺の林になっているはずです」

兼四郎は常光寺を隠すように生えている杉や檜、あるいは欅の林を見た。

「寺の林から近づくか」

そのまま桑畑を抜け、常光寺を大きくまわりこんだ。人ひとりが通れる畦道が例の家につづいている。

雨が足音を消してくれる。行く手を塞ぐ小枝や細竹を払っても、家のなかまでは聞こえないはずだった。

朽《く》ちた百姓家の裏側に出ると、周囲に警戒の目を配り、神経を張って壁伝いに抜き足差し足で進んだ。ときどき耳を澄ますが、物音も話し声も聞こえない。

（おかしい……）

兼四郎はそう思って、裏の勝手口にいって耳をそばだてた。定次も隣に来て戸板に耳をあてがった。

「旦那、誰もいないんじゃ……」

定次が低声でいう。

兼四郎もそう感じたので、思い切って裏の勝手口の戸を引き開けた。

何の変化もない。屋内に目を凝らしたが、人の影もなければ、物音もしない。

「逃げたんです」

竈《かまど》の前に立つ定次が顔を振り向けてきた。

七

官兵衛は水神社の庇の下に立っていた。下帯《したおび》ひとつの姿だ。

「いかがした?」

兼四郎と定次を迎える官兵衛が声をかけてきた。

「いなかった。おそらく逃げたのだ」

「なんだと」

官兵衛はくわっと細い目を見開いた。

「それでどこへ行ったかわかっているのか?」

「わからぬ」

兼四郎はずぶ濡れになっていた。雨を吸った菅笠を脱ぎ、ため息をついて階段に座った。

「この雨です。どこへ行ったか捜すのは大変です」

定次は蓑を脱いで雨水を払った。

「おれが喜兵衛の家に戻ったとき、すぐに行けばよかったのだ」

官兵衛は悔しそうに吐き捨てて、社殿に戻って胡座をかいた。

「腹立たしいだろうが堪《こら》えてくれ。おれが躊躇ったせいだ」

兼四郎は小袖の袖を絞りながら謝った。官兵衛は憤然《ふんぜん》としている。

「だが、必ず見つける」

「あたりまえだ。おれは斬られたのだ」

「気持ちはわかる。だが、この雨では捜しようがない」

官兵衛は納得いかぬ顔をしていたが、大きくため息をついたあとで、

「それでこれからどうするのだ？　こんなところにいつまでもいるわけにはいかぬぞ」

と、兼四郎をにらむ。少しは腹立ちの収まった顔だった。

「わかっている」

「また、喜兵衛の家に世話になりますか？」

定次が観音開《かんのんびら》きの戸を半分閉めてから顔を向けてきた。

「喜兵衛の家には世話になったばかりだ。舞い戻れば迷惑だろう」

「……ならば、茂作に頼むか」

官兵衛がぽつりとつぶやいた。

「迷惑にはならぬかな」

「おれが頼めばいやとはいわぬだろう。それに今日一日のことだ。よし、そうと決まれば行こうではないか」

官兵衛は立ちあがって干していた自分の着物をつかんだが、まだ乾いていないとぼやく。

水神社を出たのはそれからすぐのことだった。

三人は北十間川沿いの道に出た。そのまま請地村を目指して歩くが、滝澤新九郎らがいた百姓家のそばまで来たとき、

「この家には誰もいません。ここで休みますか」

と、定次が兼四郎と官兵衛に声をかけた。

「馬鹿いえ。こんなところで休む気などせぬわい。それに朝から飯を食っておら

ん。この家には飯なんてなかろう。茂作の家に厄介になろう。兄貴、心付けをはずんでくれ」

「わかった」

兼四郎は官兵衛の考えに従うことにした。雨は朝より弱まってはいたが、やむ気配はない。官兵衛が歩きながら何度もくしゃみをするので、

「風邪でも引いたのではないか」

と、兼四郎は心配する。

「風邪を引いている場合じゃない。飯を食えば風邪なんてどっかに行っちまうさ。それより着替えをしたいが、こんな村じゃ古着屋もないか……」

官兵衛の着衣は泥水で汚れているし、斬られたとき脇腹と肩口のあたりが綻《ほころ》び、血もにじんでいた。

だが、兼四郎の着物も雨を吸って重くなっている。茂作の家で落ち着くことができれば乾かしたかった。

境橋をわたったとき、対岸の道を歩く数人の男たちの姿があった。雨に烟っていたのでよくわからなかったが、男たちとの距離がだんだん縮まってきた。

三人が立ち止まって注視すると、鈴懸衣《すずかけごろも》に笈《おい》を背負った修験者《しゅげんじゃ》だとわかった。

「こんな天気のときにどこへ行くんだ。ご苦労なことだ」

官兵衛がそういってその先の道を右だと案内する。修験者たちは川沿いの道を東のほうへ歩き去った。

「これは橘様」

官兵衛が茂作の家の前で声をかけると、茂作が出てきた。兼四郎と定次を見てきょとんとする。

「心配いらぬ。おれの仲間だ。それで相談があるのだが、しばらく休ませてくれぬか。大事な用があってこっちの村に来たのだがひどい目にあってな」

「ずぶ濡れではありませんか。どうぞ遠慮なく入ってください」

茂作は気のよさそうな顔をした百姓だった。兼四郎を見てぺこりと頭を下げ、定次にも遠慮なく入ってくれとうながす。

官兵衛が兼四郎と定次を紹介すれば、茂作はおすえという女房を紹介した。

「すまぬが何か食い物はないか。朝から何も食っておらんのだ」

官兵衛は汚れた着衣を乾かす段取りをつけるおすえにねだる。この辺は遠慮のない男だ。

「朝から何も食べておられないなら、さぞやお腹がお空きでしょう」

おすえがそういって台所に下がると、茂作が下帯ひとつになった官兵衛のために浴衣を持ってきた。

「寸法が足りないでしょうが、乾くまでこれでも着ておいてください」

「すまぬな」

官兵衛は浴衣を着込んだが、裾は膝のあたりまでしかなかった。それでも、醜い太った体をさらしているよりはましだ。

おすえが三人のために食事を提供してくれた。塩むすびに沢庵《たくあん》と茶漬けだったが、腹を空かせていた三人にはご馳走《ちそう》であった。

「それでこの村にどんなご用で見えたんで……大事なご用とおっしゃいましたが……」

茂作が訝《いぶか》しげな顔で聞けば、官兵衛がこれまでのあらましを話した。

兼四郎は話を聞いている茂作の顔に変化があったのを見逃さなかった。案の定、話を聞き終えた茂作は、

「橘様にはそれとなく話したことがありますが、おそらくその人たちが村の娘を攫《さら》ったり、百姓の家に入って脅しをかけているんでしょう。旗本みたいな人が家来を連れて村を歩いているという話は、ほうぼうであります。それに、昨日、柳

島村の吾作さんは殺されたと聞きました。お役人が見つけたということでしたが、もしや……」

と、言葉を切って兼四郎を見た。

「見つけたのはおれたちだ。おそらくそれも滝澤新九郎という元旗本の仕業だ」

兼四郎がそういったとき、表戸ががらりと開けられ、男の子が入ってきた。

「おとっつぁん！」

慌て顔で茂作を呼んでから、板敷きの座敷にいる兼四郎たちを驚き顔で見た。

「お役人様だ。わしがお世話になった人が、こちらの橘様だ」

茂作はそういってから、倅《せがれ》の茂吉《もきち》だと紹介した。年は十歳だという。

「それで何かあったのかい？」

「おとめちゃんが、いないんだ。もう三月も家に帰っていないって」

「なに、おとめが……」

「野良仕事にひとりで出かけたままずっと帰っていないって。伯父さんは侍に連れて行かれたんだというけど、それを見た人が誰もいないんでおとめちゃんが帰ってくるのを待つしかないって……。おとっつぁん、どうしたらいいんだ」

茂吉は泣きそうな顔で茂作を見て、兼四郎たちにも顔を向けた。

「おとめというのは……」

兼四郎が聞くと、大畑村《おおはたむら》にいる十六歳の親戚の娘だと茂作がこわばった顔で答えた。

「おいら捜してくるよ」

土間に立っていた茂吉はそういうなり家を飛び出していった。

「茂吉、茂吉！」

茂作が引き止めようと声をかけたが、茂吉はそのまま駆け去って行った。

第五章　角逐《かくちく》

一

「放っておいてよいのか」

兼四郎は座敷口に立っている茂作に声をかけた。

「……この雨です。じきに戻ってくるでしょう。おとめは茂吉より六つ上なんですが、茂吉を弟のように可愛がっていましてね。それで、茂吉もおとめを姉のように慕ってるんです。じつは茂吉には姉がいたんですが、生まれて間もないうちに死んじまいまして、そのせいか茂吉は妙におとめに懐《なつ》いてるんです。それにしてもおとめが、三月も家に戻っていないというのは……」

茂作は顔を曇らせた。

「侍に連れて行かれたと茂吉はいったな。どんな侍だったのか、詳しくわからぬのか。侍はひとりだったのか、二人だったのか？　いったい誰がそれを見たのだ」

官兵衛が疑問を口にする。なぜか、兼四郎に対するときとちがい侍言葉だ。茂作の手前威厳を張っているのかもしれないが、兼四郎も相手によって話し方を変えるので気にはならない。

「さあ……」

茂作は首をかしげた。

「おまえは旗本らしい侍を見たと、おれに話したな。そやつらの仕業ではなかろうか」

「それもわかりませんが……」

「連れて行かれたおとめという娘は親戚らしいが、その家は遠いのか？」

「あっしの姉の娘なんです。家はここから十五町ばかり離れたところにあります。それにしても三月もおとめが……」

茂作は心配げな顔でつぶやいて、言葉を足した。

「雨がやんで茂吉が戻ってきたら、姉の家に行って話を聞いてきましょう」

「おれたちも気になることだ」

なあ、と兼四郎に顔を向ける。

「うむ」

兼四郎は短く答えて、静かに茶を飲んだ。

考えることはひとつである。滝澤新九郎がどこにひそんでいるかだ。遠くに身を隠したとは思えない。

おそらくこの村の近くにいるはずだ。しかし、何の目的があって、この近辺に住んでいるのか、それがよくわからない。

滝澤新九郎はもとは御書院番組頭だった男。出世の道の拓ける地位にあった男だ。お家お取り潰しになったとはいえ、江戸の郊外の寒村《かんそん》に来る必要はないはず。しかも、家来を連れている。

いったい何の目的があって……。

雨は降りつづいていたが、次第に雨脚《あまあし》が弱くなってきた。家を飛び出していった茂吉はなかなか戻ってこなかった。

母親のおすえは、何度も戸口の前に出て心配そうな顔で表を眺めていた。

「それにしてもよく降りやがる」

官兵衛が雨戸を開けた縁側に立ち、表を眺める。庇の下に巣を作っている燕がチチッ、チチッと鳴いていた。縁の下では鶏が小さな声で鳴いていた。

家を飛び出していった茂吉が戻ってきたのは、表が暗くなりかけたときだった。びしょ濡れである。

「見つかったかい？」

台所にいたおすえが、茂吉のもとに駆けていって聞いた。

茂吉はうつむいて首を振り、

「攫われたんだ。きっと、攫われたんだ。悪い侍に……」

と、泣きそうな顔でつぶやいた。

兼四郎はさっと顔を向けた。

「茂吉、悪い侍というが、その侍を見たことがあるのか？」

茂吉が悲しそうな顔を向けてきた。

「おいらは見たことねえけど、村の人が見たといっていた。ほうぼうで悪さをしているという噂もあるから、きっとその悪い侍がおとめちゃんを攫ったんだ」

「おとめはひとり娘か？」

兼四郎は隣の居間にいる茂作に声をかけた。

「いいえ、あっしんとことちがって姉んところには三人います。倅が二人と娘のおとめです」

「その二人の倅はいるのだな」

「います」

答えたのは茂吉だった。

「おとめを連れて行った侍を見た者はいないといったが、まことに誰も見ていないのか？　おぬしは官兵衛に、家来を連れて村を歩いている旗本が娘を連れ去ったり、人の女房が神隠しにあったように消えたという話をしているな」

兼四郎は茂作を見た。

「そういう噂が村にあるんです」

「その噂は誰に聞いたのだ？　火のないところに煙は立たぬというが、噂をした者はその侍たちが悪さをするのを見ているのではないか……」

茂作は考えるように視線を泳がせ、

「旦三《たんぞう》さんという百姓から聞いたんですが、旦三さんが見ているのかもしれません」

と、自信のなさそうな顔でいった。

「その旦三の家はどこだ？」

三町ほどいった正観寺の西側だと茂作は答えた。

「夜になる前に、旦三の家に案内してくれぬか」

「へえ」

「待て、それならおれも行こう」

官兵衛が顔を向けてきた。

「娘を攫ったという噂ですが、攫ってどうしたんでしょう？」

定次はそういってつづけた。

「攫って淫売宿《いんばいやど》にでも売ったんでしょうか。そうだとすれば、女衒とわたりをつけなければなりません。直接、岡場所や吉原に連れて行く手もあると思いますが、大方の女郎は女衒の手を介します」

定次はかつて町奉行所同心の小者を務めていたので、その方面に詳しい。

「いやだ！　おとめちゃんが女郎だなんて！　おいらは信じねえ！」

叫ぶようにいった茂吉は、目にいっぱい涙を溜めていた。

「茂吉、そう決めつけることはない。おとめはきっと戻ってくる」

兼四郎は茂吉を見て、諭《さと》すようにいった。

二

「殿様、終わりました」

清次が乙助と家のなかに戻ってきて滝澤新九郎に報告した。二人とも蓑を着ているが、びしょ濡れで泥まみれだ。死体を埋めてきたのだ。

「ご苦労である。汚れを落としたらおまえたちもあがってまいれ」

新九郎は座敷で酒を飲んでいた。大倉忠三郎、岸根高之丞、西馬場左之助もそばにいて同じように盃を口に運んでいた。膝前の折敷《おしき》には、おさちとおとめの作った煮物と漬物をのせた器があった。

「おとめ、酒はまだあるか？」

新九郎が声をかけると、座敷の隅に座っていたおとめがびくりと肩を動かして、怯えた顔を向けてくる。

「あるのかと聞いておるのだ」

「は、はい、探してきます」

命じられたおとめはビクビクした素振りで台所のほうへ消えた。

新九郎はため息をついて首を振った。若い娘には修羅場《しゅらば》を見せなければよかったと思う。しかし、もう過ぎたことだ。慣れてもらうしかないし、向後《こうご》は荒っぽいことは控えたいと思いもする。

「それで殿、あの金はいかがいたしまする？」

盃を持った手を膝に置いて忠三郎が聞いた。

新九郎は隣の座敷に置いてある金箱《かねばこ》を眺めた。殺《あや》めた小堀甚兵衛は金を持っていた。貧乏な村の名主だから、さほどの金はないだろうと思っていたが、家捜しをすると思いの外《ほか》の金が隠されていた。

一分銀と一朱銀が主で、他は緡紐《さしひも》に通した銭であった。丁寧に百文緡、あるいは三百文緡になっていた。いかほどあるか勘定はしていないが、おそらく百両ほどあるのではないかと見当をつけていた。

農村にあって名主は、ある意味の特権階級で年貢や村入用《むらにゅうよう》を誤魔化すという不正をはたらき、また「名主免」と呼ばれる年貢のかからない土地を公許されている場合もあり、私腹を肥やすことができる。

こういったことが露見すると、名主や村役人を対象とした一揆やうちこわしが出来《しゅったい》する。小堀甚兵衛がそういう村名主であったかどうかはわからないが、現に金を持っていた。ひょっとすると、甚兵衛の先代からの蓄えが含まれているのかもしれない。とにかく大金があったのは、新九郎にとって僥倖《ぎようこう》以外の何ものでもなかった。

「金は分ける」

新九郎が答えると、忠三郎の目が嬉々と見開かれた。左之助も高之丞も期待顔を向けてきた。所詮《しよせん》、こやつらは金目当てなのだと、新九郎は肚のなかで苦笑する。だが、内心の思いなど顔にはあらわさず、

「高之丞、金を配る。わしのいうように分けろ」

と、命じた。

「はっ」

高之丞が金箱のそばに行って座り直した。

「そなたらのはたらきには感心いたしておる。村にやってきていい思いをさせることもできずに、わしは心苦しい。されど、いましばらく辛抱をしてもらいたい。この先はもっと楽をして、以前に増して不自由のない暮らしをさせてやりたい。それがわしの切なる願いである」

家来に忠義立てをさせるためには褒美を与え、将来へ期待を持たせる。それが新九郎の人心掌握術であった。三人は剣の腕を買って雇った家士であったが、お

家断絶となったあともついてきてくれている。もっとも仕官先がないので、ついているほうが得だという算盤《そろばん》を弾いたのだろうが、それはそれで構わぬことだった。

「身共らはこれから先もしっかり殿に仕えていく所存です」

忠三郎が真面目くさった仁王面でいう。

「うむ。そなたには十両、左之助にも十両。高之丞、おぬしにも十両。いま配れ」

命じられた高之丞は、金箱から金をすくい取ると、仲間二人に十両ずつ配分し、自分も誤魔化しなどしていないと、膝前で勘定をして懐に入れた。

「残りの金はいかがされるので……」

忠三郎である。

「高之丞、清次と乙助にも、二両ずつわたしておけ」

新九郎は座敷にあがってきた清次と乙助を見ていった。

すべての金が配られると、

「残りの金をどうするかだと。それは国造りのための元手にいたす。わしは一切手をつけぬ。こういうことで金を稼ぐことができるとわかっておれば、面倒な手

した。

新九郎は酒をほして、清次と乙助を見た。二人は威儀を正すように背筋を伸ば
「おまえたち、明日はあの金箱を落とさぬように運ぶのだ」

清次と乙助は殊勝《しゅしょう》にうなずき、頭を下げる。

「それにしてもあといかほどあるかのぉ。五十両ほどであろうか……」

新九郎は金箱を眺める。

「もう少し多いかと存じます」

高之丞が答えた。

「……まあ、それだけの金高《かねだか》があれば、何とかできよう。要は使い方次第というところであろうか」

新九郎はそういって手をたたき、酒はまだかと台所に声をかけた。

すぐにおとめが酒を運んできた。相変わらずびくついた所作である。

「わしらが怖いか」

おとめは肩をすぼめ、唇を引き結んでうつむく。

「わしはおとめもおさちも重用するつもりだ。大事に扱うゆえ、無用な心配はい

らぬ。黙ってついてくれば、いい思いをさせてやる。もう少し懐いてくれぬか。のぉ」

新九郎がおとめの手を触ると、さっと引っ込められた。新九郎は苦笑した。

「取って食おうというのではない。ま、よい。下がっておれ」

おとめはおずおずと下がり、台所に戻った。新九郎はその動きをずっと眺めていた。小柄な十六の小娘にしては、肉置きがよく目鼻立ちがはっきりしている。いずれ国造りの足固めができたら、側女《そばめ》にしようと考えている。おさちも然《しか》りである。

（そのときが待ち遠しいわい）

新九郎は内心でつぶやき、三人の家来を眺めた。金を手にしたせいか、締まりのない顔になっていた。主であるわしが金に手をつけないから、それにも気をよくしているのだろうと、内心でほくそ笑む。

「雨は少し小降りになったようでございます」

左之助が静寂を破るように口を開いた。

「そうだな」

たしかに雨音が小さくなっていた。

「明日は天気になりましょう」

忠三郎が応じれば、

「雨があがったら明日は早めに出立だ」

と、新九郎は酒をあおった。

三

「八雲様、足許に気をつけてください」

茂作が提灯で足許を照らしながら、兼四郎に注意をうながした。

二人は旦三という百姓の話を聞いての帰りだった。官兵衛もいっしょに行くといったが、兼四郎は話を聞きに行くだけだから待っていろと命じ、定次といっしょに茂作の家に待たせた。

雨は弱くなり、いまは霧雨《きりさめ》になっていた。それでも村は濃い闇に包まれている。百姓家がところどころにあるが、それも闇のなかに黒く象《かたど》られているだけだ。

「何かわかったか?」

茂作の家に帰るなり、官兵衛が顔を向けてきた。

「話は聞いたが、滝澤新九郎らを見た百姓が何人かいる。しかし、この村ではない。旦三は他の村の百姓から聞いた噂を、茂作に話したのだ。だが、単なる噂ではないようだ」

兼四郎は座敷にあがって官兵衛の前に座った。定次も近くに来て座った。

「百姓の娘が攫われたという噂があるが、それは墨堤《ぼくてい》に近い小梅村《こうめむら》と須崎村《すざきむら》の娘のようだ。その村の対岸は浅草今戸《あさくさいまど》だが、山谷堀《さんやぼり》を上っていったところには吉原がある。攫われた娘はおそらく吉原に売られたのだろう」

「娘の親はどうなっているのです。娘を連れられていくのに黙っていたのですか？」

定次だった。

「わからぬ。その話は聞いていないというが、おそらく金をにぎらされたのだろう。村は苦しいし、口減らしをする百姓は少なくない。娘は力仕事には向かぬ。わずかな金でもありがたがり、娘を差し出す親がいても不思議はない」

「滝澤新九郎には女衒の知り合いでもいるのですか？」

定次だ。

「わからぬ。ひょっとすると使っている家来に女衒がいる。あるいは、女衒をよく知る者がいるのかもしれぬ」

「安く娘を買い、そして高値で女衒に世話をする。幼くて器量がよければ、傾城《けいせい》屋《や》でいい値がつきます。仮に百両だったとしても、女衒は五十両で滝澤らからもらい受ける。滝澤らは十両、あるいはもっと安い値で娘を買い取る。誰も損をする者はいません」

「大損をするのは娘だ。大事な一生を、若くて楽しい女盛りの時期を台なしにして苦界に沈むのだ。親兄弟のために女郎になったという女もいるが、そんなのは嘘っぱちだ。見も知らぬ男に抱かれたい女がどこにいるというのだ」

官兵衛はめずらしく憤《いきどお》った顔でつづける。

「売られる娘はどんなに貧しかろうが、苦しかろうが、親のそばにいたいのだ。それが親子というものではないか。くそッ」

官兵衛はパシッと膝をたたいたあとで、「痛て」と、怪我をしている脇腹を押さえた。

「まあ、落ち着け。娘がいなくなったのは、どういうことだかわからぬが、吉原に売られたという証《あか》しはない。それはそれとして、何人かの女房がいなくなっている。それはどれも若い女房らしい。そんな人の女房が二、三人はいるという。

行方《ゆくえ》はいまだわかっていない。それから米や野菜を脅し取られた百姓もたしかにいるらしい。旦三からはそんな話を聞いた。それも昨年冬頃からの話だ。つまり、滝澤新九郎がお取り潰しにあった頃からのようだ」

「滝澤らがその張本人ということか」

官兵衛は吐き捨てる。

「滝澤らだと決めつけるものはないが、吾作一家を殺したのは滝澤たちと見て間ちがいなかろう」

兼四郎がそういったとき、ふたたび家を飛び出していた茂吉が戻ってきた。雨に濡れたまましょんぼりうなだれて土間に立ち、いまにも泣きそうな顔をしている。茂作が奥からあらわれ、どこへ行っていたんだと聞いた。

「おとめちゃんち……」

「いたか?」

茂吉は悲しそうに首を振った。

みんなため息をついた。

「でも、おとめちゃんが沼のそばでいなくなったのがわかった。そして、二人の大人に連れられていくのを見た人がいた」

兼四郎は茂吉に顔を向けた。

「二人の大人……どんな大人だったかわかるか？」

「ひとりは侍で、もうひとりは職人のようだったらしいです。そいつらがおとめちゃんを連れて行ったんだよ」

茂吉はそういうなり、「うえーん」と声をあげ、肩をふるわせて泣きはじめた。

「兄貴、おとめを連れ去ったのは滝澤らかもしれねえ。それに……」

官兵衛は言葉を切って、何やら考える顔をした。

「それに何だ？」

「おれが滝澤らのいる百姓家に行ったときだ。おれは二人の若い女を見ている。しっかり見たわけではないが、そのうちのひとりがおとめかもしれぬ」

官兵衛がそう答えると、茂吉が泣き濡れた顔をさっと向けてきた。

「お侍さん、それはどこの家です？」

「もうその家には誰もいない。どこかへ移っているのだ」

茂吉はがっくりと肩を落とした。

「とにかく八雲様たちが、力になってくださる。きっとおとめは帰ってくる。それより茂吉、そのままだと風邪を引いちまう。着替えて飯を食え」

茂作は茂吉の背中を押して、女房のおすえに手伝ってやれといった。

その夜、横になった兼四郎は、なかなか寝つけなかった。滝澤新九郎らから逃げてきた浜蔵の話を、もっと深く詳しく聞いておくべきだったと悔やんだ。

さらに目をつむって、浜蔵が話してくれたことを嚙みしめるように思い出した。

しかし、浜蔵が仕えていた滝澤新九郎とその仲間がどこに住んでいたのかは聞いていない。聞いたのは、女衒めいたことをやっている、村の娘を呼び込んで玩《もてあそ》んでいる、二人いる女中は滝澤が勝手に連れ込んだ村の娘である、そして、浜蔵を襲ったのは清次という中間だったということだけだ。

（滝澤が勝手に連れ込んだ女中は二人……）

そのひとりがおとめなのかもしれぬ。

兼四郎はぼんやりと頭の片隅で考えながら、いつしか深い眠りに落ちていった。

四

目を覚ましたのは、翌朝のことだった。表から鶏の鳴き声が聞こえてきて、鳥たちのさえずりもあった。

雨戸の隙間から表のあかりが見えた。雨はいつしかやんだようだ。

兼四郎が半身を起こすと、台所のほうで物音がした。そして、茂作と女房の声。百姓たちの朝は早い。もう仕事の支度をしているようだ。

兼四郎が夜具を抜けて、台所に行くと、茂作と女房が顔を向けてきて挨拶をした。

「迷惑をかけるな。雨はやんだようだな」

「へえ、もう青空が広がっています」

茂作がいうように、開け放された裏の勝手口の外にあかるい空が見えた。

「茂吉の姿がないが……」

「田を見に行っているんです。昨日の雨で水がたまりすぎてると抜かなきゃなりませんので。ついでに名主の家に寄ってくるはずです」

「名主の家に……」

「夫役の日を聞かなきゃなりませんので……」

茂作はそう答えて、もうすぐ飯ができるので食べてくれといった。

兼四郎が居間に腰をおろすと、定次と官兵衛がやってきた。

官兵衛は朝早くから茂吉が田を見に行ったことを知ると、

「百姓はなかなか大変だな。茂吉のように朝早くから家の手伝いをして仕事を覚えていくのだろうな。気紛れに百姓になってみたいと思ったが、考えが甘かったと思い知るわい」

と、おすえが淹れてくれた茶に口をつける。

雨戸を開け放してあるので、村の景色がよく見える。稲田が朝日にみずみずしく輝いている。庭先にある小楢《こなら》の幹は十分な雨を吸って黒くなっているが、緑の葉は水玉をつけたまま日の光を弾いていた。遠くの田にはうっすらとした白い霧が流れていた。

茂吉は雨水を溜めた田の水抜きをしていたが、昨日からおとめのことが頭から離れない。茂吉には兄弟がなかったから、弟のように可愛がってくれるおとめのことが小さいときから大好きだった。

おとめに会えば、「茂吉、茂吉」と親しく呼んでくれ、林に行ってはクワガタやカブトムシを捕ってくれた。秋になると竹竿《たけざお》を使って柿の実を取るやり方も教えてくれたし、ときには川遊びにも付きあってくれた。

家はそう離れていないけれど、お互いに百姓の子で農繁期《のうはんき》には家の手伝いをしなければならないため、しじゅうは会えない。それでも茂吉はおとめに会うのが楽しみだった。

そのおとめが三ヶ月前に見知らぬ侍にどこかへ連れて行かれ、そのまま家に帰っていない。まさか殺されたとは思いたくないし、そんなことは絶対に信じたくなかった。

田の水抜きをしていても、おとめのことが頭から離れず、茂吉は田から畦道に戻って遠くを眺めた。

「おとめちゃん、どこへ行ったんだ」

つぶやきは田を吹きわたる風に流されていった。来たときは霧が流れていたが、いまはすっかり消えていた。雨上がりなので大気が澄んでいる。そのおかげで遠くの景色までよく見えた。腹が減っていた。

名主の家に行ってから家に帰ろうと思い、畦道をとぼとぼと歩いた。村は静かである。櫟林《くぬぎばやし》から鳥たちの声がわいていた。田からは蛙たちの声。

徐々に高くなる日が大地を熱しはじめたせいか、足許から立ち昇る草いきれが強くなった。

しばらく行くと青葉を茂らせた大きな楠が見えてきた。請地村の名主、小堀甚兵衛の家の楠だ。もっと近づくと、庭の隅にある三本の欅も見えた。

おとっつぁんは、今度の夫役がいつか聞いてくればいいといった。そのことを聞いて帰るだけだ。帰ったらたくさん飯を食って、今日は野良仕事に出なければならない。

家に泊まっている侍は、必ずおとめは戻ってくるといった。おとっつぁんも八雲と橘というお侍を頼っている。

あの人たちにまかせれば、おとめちゃんは戻ってくるだろうか。

（戻ってきてほしい。戻ってこなきゃいやだ）

茂吉は胸のうちでつぶやいて、甚兵衛の家の前で立ち止まった。戸も雨戸も閉められたままだ。昨日は雨が降っていたからどの家も戸締まりをしていたが、今朝は天気がよくなっている。

（まだ、寝てるのかな……）

庭に入って戸口に立ち、声をかけようとしたとき、家のなかから人の話し声が聞こえてきた。それも侍言葉だ。

茂吉はハッとなった。息を吞んで、そっと縁側のほうにまわり、雨戸の隙間に目をあてた。人の影がいくつか見えた。それも侍だ。座敷に座っている侍もいる。

（なんで……）

茂吉は胸がドキドキしてきた。

悪い侍たちではないか……。

甚兵衛さんはどこだと思い、別の節穴に目をあてたが、姿がない。

甚兵衛の家には女房のおよねの他に倅夫婦と赤ん坊がいる。それなのに、誰の姿もない。多吉《たきち》という元気な赤ん坊の泣き声もしない。

茂吉は場所を移して、また別の節穴から家のなかをのぞいた。とたん、目をみはって息を呑んだ。おとめの姿があったのだ。

台所のほうからやってきて、茂吉に背を向ける恰好で座敷に座っている侍に茶を差し出したのだ。

（おとめちゃん）

茂吉はおとめを見つけた興奮と、侍たちへの恐れで声を出すことができなかった。もし、おとめに声をかけたりすれば自分が危ない目にあうと思った。

（助けてもらわなきゃ）

そう思った茂吉は、そっと縁側を離れた。

庭を出ようとしたとき、背後でがらりと戸の開く音がした。

さっと振り返ると、ひとりの侍が立っていて、ぎろりとにらんできた。赤い仁王のような面構えだった。その表情が一気に変わり、

「やい、小僧、何をしてやがる！」

と、怒鳴られた。

茂吉は恐怖したが、そのまま脱兎のごとく駆けた。後ろから待てという声が追いかけてきた。茂吉は必死に逃げる。途中で草履が脱げたので、裸足で駆けた。水溜まりに足を取られて転び、背後を振り返ると、まだ追いかけてくる侍の姿があった。

茂吉は立ちあがると、死に物狂いで逃げた。

五

「茂吉を待たなくてよいのか」

兼四郎は朝餉《あさげ》を食べてくれと勧めるおすえを見た。

「じきに戻ってくるでしょう。味噌汁が冷めないうちにあがってください」

「では遠慮なく」

そう答えたのは官兵衛だった。ひと口飯を頬張り、

「やっぱり炊きたてはうまいな。それに茂作が丹精《たんせい》込めて作ったであろう米だからなおさらうまいぞ。……うん、このたくあんも上々吉だ」

官兵衛は細い目をさらに細くして、ぽりぽりとたくあんを嚙み、飯を頬張る。

「何もありませんが、たんと召しあがってください」

茂作は茶を飲みながら大食漢《たいしょくかん》の官兵衛を微笑ましく見る。

そのとき、戸口のほうでガタンと大きな音がして、ペタペタと足音を立てて茂吉が戻ってきた。居間の上がり框に両手をつくと、激しく肩を動かしながら、

「い、いた。見つけたよ」

と、喘ぎながらいう。

「いたって何がいて、何を見つけたってんだ？」

茂作が聞くと、茂吉は兼四郎たちに顔を向けた。

「お侍さん、おとめちゃんがいたんです。名主の家にいるんです」

「なに……」

兼四郎は箸をおろした。

「家には悪い侍がいます。なのに、名主も他のおじさんやおばさんもいません」

「まことか」

「おいら、見つかって追いかけられたんです。それで逃げてきたんです」

「おまえを追ったのは侍か？」

「怖ろしい赤い顔をした侍でした。あ、まさかここまで来ていないかな……」

茂吉は戸口のほうをこわごわとした顔で見る。

兼四郎はすっくと立ちあがると、座敷に置いていた刀をつかんで戸口を出た。あたりを見まわすが、人の姿はない。庭に出ている鶏がコッコッコと鳴いているだけだ。念のために表の道まで足を進めて、周囲に警戒の目を配ったが、遠くに野良仕事をはじめている百姓の姿が見えただけだ。

「茂吉、うまくまいて逃げてきたようだな。それで、名主の家はここから近いのか？」

兼四郎は居間の前まで戻って聞いた。

「三町ほど先です」

茂作が首にかけている手拭いで口のあたりを拭きながら答えた。

「どうする？」

官兵衛が聞いてきた。

「これから行こう。茂作、名主の家の近くまで案内してくれぬか」

兼四郎に頼まれた茂作は表情をかたくし、

「へ、へえ……」

と、臆病そうに答え、股引に手をこすりつけた。

「官兵衛、定次、支度をしろ」

兼四郎は座敷に移って支度にかかった。

「お侍さん、おとめちゃんを助けてください」

茂吉がやってきて、頼みますと胸の前で手を合わせた。

「心配するな。ちゃんと取り返してくる」

兼四郎は野袴の紐をキュッと結んだ。


滝澤新九郎は奥座敷でその家の主だった甚兵衛がつけていた帳簿を、何冊かめくって眺めていた。

百姓も名主になると、いろいろと面倒な帳簿付けがあるのだなと感心をし、またこんな小さな村なのに、それなりの年貢や小物成を納めていることを知った。

もっともその多くは、飢饉前のことで、ここ一、二年は村の収益がガクリと落ちているのがわかった。

「ふむ、それなのに、村名主ともなれば、それなりの蓄えができるということか」

新九郎はそっと帳簿を閉じると、そのまま座敷に戻った。

朝餉の支度が調《ととの》っていた。

「殿、子供が来ましたが、放っておいてよいので……」

大倉忠三郎だった。家をのぞいていた子供を見つけただけなのに気にしている。

「放っておけばよいと何度いわせる」

「しかし、浪人奉行に知らされでもしたら……」

「そんな役儀はない。何をたわけたことをぬかす。万にひとつ、わしの知らぬ間に浪人奉行なる役儀ができておったとしても、怖れるに足りぬ。ここは御料所であるが、おいそれと幕府が動かぬことぐらい百も承知だ。さあ、飯だ」

新九郎は箸を取って味噌汁をすする。味付けがよい。

料理のほとんどは女中として手なずけているおさちが作るが、なかなかの腕前だ。洗濯や掃除もこまめにやるようになった。

おとめはまだ自分たちに気を許していないが、おさちはなんでも率先してやるようになっている。そのほうが得だというのをようやくわかったのだろう。

素直にいわれることをやっていれば、自分に危害は及ばないと悟《さと》ったのだ。

新九郎は胡瓜の浅漬けをつまみ、飯を頬張り、忠三郎をちらりと見た。三人いる家士のなかでは、一番の年長で剣術指南役だ。だが、気をまわしすぎる癖がある し、忠義を誓っておきながら裏切りそうな男だ。

つづいて新九郎は岸根高之丞を見た。細身で頼りなさそうな体つきだが、剣の腕もたしかだし、知恵者である。この男はそばにつけておけば損はないだろうと、前々から感心する面がある。

西馬場左之助はガツガツと飯を頬張っていた。怒り肩で肉付きがよいので、頼り甲斐のある体をしている。しかし、小賢《こざか》しいところがある。その辺は注意しなければならぬが、使い方次第で役に立つ男だ。

そして、座敷の隅で同じように朝餉にかかっている忠僕が二人いる。清次と乙助。乙助は臆病者でおべっか使いだが、何にしても役に立つ男だ。浜蔵のように裏切って逃げるような男ではない。

清次は下僕にしては少々面倒だが、逆らったりはしない。もし逆らったり裏切ったりすれば、三人の家士に殺されるという恐怖心を植えつけている。だが、隙を見せれば浜蔵のように逃げる怖れもあるから、使えるうちにうまく使うしかない。

「清次、乙助」

声をかけると、二人が同時に顔を向けてきた。

「今日は家移りをする。ここは過ごしやすい家だが、長くはいられぬ。飯を食ったら、金箱を運んでもらう。さほどの重さではないだろうから、二人で代わる代わる運ぶのだ」

「承知しました」

二人は箸を置いて頭を下げた。

表で鳴いている蝉の声がひときわ高くなっていた。

雨戸や戸を閉めきっているので、家のなかがだんだん蒸してきた。雨戸の隙間から光の筋が何本も座敷に射していた。

「忠三郎、飯を食ったら出立の支度にかかる。そなたは浪人奉行を怖れているようだが、さような役儀の者がいたとしても、大人数ではあるまい」

「たしかに……」

「先に見つけたならば、遠慮はいらぬ。とはいえ面倒なので、見つからぬよう注意を怠るな」

「悉皆《しっかい》承知つかまつりました」

六

兼四郎たちは請地村の名主である甚兵衛宅の屋敷内に入っていた。日は高く昇り、蟬の声がけたたましくなっていた。

雨戸の隙間から家のなかをのぞいてきた定次が戻ってきた。

「どうだ？」

「います。絽《ろ》の羽織をつけているのが、滝澤新九郎でしょう。三人の家士の他に下僕らしい男が二人、そして女が二人です」

定次の報告を受けた兼四郎は、浜蔵から聞いたことと同じだとわかった。

「この家の主は？」

「見えません」

定次は緊張した顔で答える。

「兄貴、ここで逃がしてはならぬぞ。とんでもない悪党たちではないか」

「おさおさ怠りなくやるさ」

とは答えたものの、兼四郎は二人の娘のことが気になっていた。ひとりは茂吉が慕っている親戚の娘だ。二人の娘は無事に救出しなければならない。

兼四郎たちがいるのは、庭の東側にある三本の欅の下だった。幹や枝に張りついている蟬たちが元気よく鳴いている。

兼四郎は屋敷の裏側に目を向けた。竹林が緩やかな風に揺れている。

正面から行くか、それとも裏に官兵衛をまわすかと考える。二人の下僕を勘定に入れなければ、相手は滝澤新九郎を入れて四人。

制圧するには数が足りぬ。そのために周到な作戦を立てなければならない。何か妙案はないかと頭をはたらかせる。

「定次、滝澤らは飯を食っているのだな」

兼四郎は問うた。

「もう終わっている頃でしょう」

「表に出てきたらひとりずつ始末するか」

官兵衛が舌なめずりをしていう。細い目をらんらんと輝かせている。脇腹と肩を斬られた悔しさがあるのだ。不覚だった、今日はへまはしないと、何度もおのれにいい聞かせていた。

「こっちの思いどおりになればよいが、得てしてそうはならぬことが多い。相手を甘く見ぬことだ」

「ここにじっとしていても何もはじまらんのだ。誘い出すか、それとも一気に押し入るか……二つにひとつではないか」

官兵衛が顔を向けてくる。

「二人の女がいる。いずれも村の娘だ。押し入ればその娘たちのことが心配だ」

官兵衛は「うむ」と、うなって黙り込む。

兼四郎は玄関に目を凝らした。誰か出てきたらそのときがきっかけになると思うが、やはり家のなかにいる二人の娘のことが気になる。

「裏はどうなっているのだ？」

「見てのとおりの竹林ですが、裏の畑と田圃に通じる畦道があります」

定次が答えた。

「畦道は広いか？」

「人ひとりが通れるほどでしょうか……」

「滝澤が娘二人をどう扱うかを考えねばならぬが……」

「兄貴、おれが玄関で声をかける。やつらはおれの顔を知っているし、この前やられているので図に乗っているはずだ。けしかければ束になって出てくるかもしれぬ」

官兵衛が顔を向けてきた。

「……思いどおりになればよいが、さてどうであろうか」

「ならばおれが逃げ道を塞ぐために裏にまわろう。兄貴は表で待ち伏せだ。定次、おまえが玄関にいって声をかけるんだ」

「何というんです？」

定次は官兵衛に顔を向ける。

「滝澤新九郎に用があるとか、浪人奉行からの使いだとか……」

「官兵衛、滝澤は元御書院番組頭だ。浪人奉行などという役儀がないのはわかりきっているだろう」

兼四郎はそういって首を振った。

「ならばどう考えていると思う？」

兼四郎はすぐには答えずに、門口の楠を眺めながら考えた。

「ここは御料所だ。そして、代官の支配地だ。その代官は誰だ？」

「はて、誰であったか……」

官兵衛は答えられない。兼四郎もあまり縁のない役職なので、正しい代官の名前を失念していた。

「それにしてもなぜ、戸を閉めきったままなんでしょう」

定次が疑問を口にした。

「当然のことだ。やつらは悪事を重ねているのだ。人気のない村だが、なるべく表沙汰にはしたくないのだろう。百姓らが騒ぎ立てるようになれば、滝澤らは居づらくなる。だから人目につかないように閉めているんだ」

官兵衛が吐き捨てるように答えた。

玄関の戸が開いたのはそのときだった。三人は凝然《ぎょうぜん》となって玄関を見た。

二人の男が木箱を持ってあらわれた。ひとりが背中に背負えば、もうひとりが顎をしゃくった。下僕風情だ。背負ったのは金箱のようであった。

兼四郎は庭にあらわれた二人に釣られたように、欅の下から進み出た。

「おい」

と、声をかけると、二人がギョッとした顔を向けてきた。

「浪人奉行だ」

驚き顔でいったのは、色黒の猫背の男だった。声を漏らすなり、

「殿様、浪人奉行がいます！」

と、大声を張った。

兼四郎はとっさに駆けて捕まえようとしたが、猫背の男は家のなかに引き返し、表戸をしっかり閉めた。

金箱を背負っている男は、おろおろと慌てふためき、庭から逃げようとした。

「官兵衛、やつを押さえるのだ」

兼四郎が命じると、逃げる男を官兵衛と定次が追っていった。

それを見た兼四郎は玄関の前に立ち、

「滝澤新九郎、話がある。出てまいれ！」

と、声を張った。戸を開けようとしたが、固く閉められた戸はビクともしなかった。屋内で慌ただしい音がして、「騒ぐな」という声も聞こえた。それから短い言葉が交わされたが、聞き取ることはできなかった。

「滝澤新九郎ッ！」

兼四郎は戸を蹴った。戸は頑丈《がんじょう》にできているらしく、破れもしなければ倒れ

もしなかった。代わりに縁側の雨戸ががらりと開けられた。

「何者だ！」

七

兼四郎は縁側にまわりこんで、そこに立っている男をにらむように見た。絽の羽織に野袴、手甲脚絆。腰の大小は金銀を使った派手な拵えだ。

「滝澤新九郎か……」

「いかにも。きさまは何者だ？」

縁側に立つ新九郎は、ギンとした目でにらみおろしてくる。雨戸は一枚だけしか開けていないが、その背後に二人の男が控えていた。

「お許しを、お許しを……」

悲鳴じみた声が背後でした。官兵衛と定次が、さっきの小男を捕まえたのだ。

新九郎の目がちらりとそちらへ向けられた。

「村で悪事をはたらいている元旗本がいるという知らせを受けてまいった。八雲兼四郎と申す」

「そのほうか、浪人奉行などとありもしない役儀を騙《かた》っておるのは……」

「役儀などどうでもよいこと。身共らは村で悪行を重ねる不逞《ふてい》の輩を見逃しはせぬ」

「見逃さずにどうしたいと申すか」

「成敗するのみ」

くわっと新九郎の目が見開かれた。色の黒い馬面だ。背は兼四郎と同じぐらいだろうから、高いほうだ。

「たわけたことを……きさま、もしや町奉行所の手先であるか。そうであれば、きさまらの出番ではない。ここは御料所であるぞ」

「それがどうしたという」

兼四郎は詰め寄るように新九郎の立つ縁側に近づいた。

「成敗されるのはきさまらだ。わしの邪魔はさせぬ。出合えッ！」

新九郎が声を発したとたん、玄関の戸が開き、二人の男が飛び出してきた。その二人は官兵衛に向かっていった。

そして、新九郎のそばにいた男が、兼四郎の前に飛び下りながら刀を撃ち込んできた。

「おりゃあ！」

兼四郎は下がってかわしながら抜刀した。

「きさまが浪人奉行か……面白い」

相手はペッとつばを吐いて、八相に構えた。仁王面のなかにある目を禍々《まがまが》しく光らせている。

兼四郎は相手を呼び込むようににじり下がるが、仁王面は足を交差させながら詰めてくる。

隙が見えない。

（こやつ、できるな）

兼四郎はそう感じるが、仁王面も兼四郎の力を感じ取ったらしく、無闇に攻めてこない。

「来いッ」

仁王面が刀を上段に移して誘いかけた。

昨日の雨で足許はぬかるんでいる。兼四郎はぬかるむ地面を固めるように足首を動かして、青眼の構えから刀を右に倒すように動かした。刀は体の右横にある。

刀をわざと動かすと、キラキラッと刃が日の光を弾いて、仁王面の目を射った。

仁王面がまぶしさに顔を動かした刹那《せつな》、兼四郎は裂帛の気合いを込めた。

「とおーッ！」

横薙ぎに払った刀は仁王面の胴を抜いていた。だが、それは空を斬ったに過ぎず、すかさず仁王面が上段から拝み打ちに斬り込んできた。

兼四郎は体をひねってかわしながら、斜め上方に斬りあげるように刀を振った。ピシッ。短い音がした。それは仁王面の袖を切った音だった。

仁王面に変化はない。気を取り直したように間合いを詰めてくるなり、突きを送り込んできた。兼四郎がすり落としてかわすと、仁王面がその場でくるっと回転して、逆袈裟に斬りあげてくる。

キーン！

刀がぶつかり合って、耳朶《じだ》にひびく音が広がった。

同時に鍔迫りあう恰好になった。互いに鍔元で押し合いつつ、ゆっくり右にまわる。互いの顔はすぐそばにある。仁王面は口をへの字にねじ曲げ、双眸に禍々しい光を湛《たた》えている。

止めどない汗が顔といわず、背中や胸に流れていた。

「どりゃあー！」

仁王面が気合いを発して、兼四郎を突き飛ばすようにして離れた。その一瞬、兼四郎は刀をすっと横に振った。

「うっ……」

声を漏らしたのは仁王面である。兼四郎の刀が頬を斬っていたのだ。しかし、それはごく浅く、一寸ほどの長さでしかなかった。

相手はさらに顔面を紅潮させた。まったくの赤鬼である。その頬の傷から血が流れていた。

「おりゃおりゃ、おりゃあー！」

官兵衛の声が聞こえてきた。

だが、兼四郎にはそちらを見る余裕がない。目の前の仁王面はなかなかの手練れで、容易《たやす》く倒すことができない。油断をすれば斬られるかもしれない。

「うわっ……」

短く悲鳴がした。

「左之助、下がれ、退け、退くんだ」

そんな声がした。

官兵衛がひとりを斬ったようだ。仁王面の目がそっちに動いた。兼四郎はその一瞬を見逃さず、大きく右足を踏み込んで突きを送り込んだ。決まったと思ったが、足が滑った。

「あッ」

声を漏らしたのは兼四郎である。体勢が崩れたところに仁王面が撃ち込んできた。兼四郎は咄嗟に横に跳んで逃げた。

「退け、退くのだ」

縁側から新九郎が声をかけた。

そのことで仁王面が縁側に跳びあがり、さっと雨戸を閉めた。

兼四郎は片手を地面についたまま官兵衛を見た。相手をしていた男が、玄関に飛び込むところだった。官兵衛が追おうとしたが、

「官兵衛、やめろ！」

兼四郎の忠告で、官兵衛が空を斬るように刀を動かして顔を向けてきた。

第六章　美しい村

一

兼四郎は庭に立ったまま、滝澤らのいる家をにらむように見つつ、乱れた呼吸を整えた。

「なぜ、止める」

官兵衛が荒い息をしながらそばにやってきた。

「家に誘い込まれたら不利だ。やつらの腕は侮《あなど》れない。官兵衛、おぬしにもわかっているはずだ」

「だから手を引くというのか。やつらはここにいるのだ！」

官兵衛は声を荒らげて刀の切っ先を雨戸の閉まった縁側に向けた。

「わかっている。ここからは逃がさぬ」

「兄貴、おまえさんの考えがわからなくなった。もう少しだったのだ」

「命を惜しんでいるのではない。官兵衛、落ち着け」

官兵衛は肩を怒らせたまま兼四郎をにらむ。一心に興奮を静めようとしているのがわかった。

「やつらはもう逃げられぬ。されど、村の娘が二人いるのだ。無理無体に押し入れば、娘たちの身が危なくなるやもしれぬ。やつらは人殺しだ。それを忘れるな」

「…………」

官兵衛はぷいと顔をそらし、滝澤らのいる百姓家をにらんだ。

兼四郎は表の道で、男を取り押さえている定次を見て、

「官兵衛、ここで見張っておいてくれ」

といって、定次のそばに行った。

「この金箱は名主の家のものです。滝澤らが奪い取ったんです」

定次が転がっている金箱を見て、そうだなと、縛りあげられている男に念押しをした。

男は怯えた顔でうなずいた。

「きさまの名は？」

「お、乙助と申します」

声がふるえていた。

「あの家のなかには何人いる？」

兼四郎は乙助の前にしゃがんだ。

「し、七人です」

乙助はそういってから、その内訳を話した。滝澤新九郎、その家来の大倉忠三郎、岸根高之丞、西馬場左之助、下僕の清次、そしておさちとおとめ。

乙助はさらに、三人の家来の特徴も教えてくれた。大倉忠三郎が剣術指南役の家士だとわかり、兼四郎は納得をした。他の二人の家士は、忠三郎の弟子だという。

「二人の娘は村の者だな」

「へ、へい。おさちは葛西川村《かさいがわむら》の百姓の娘で、おとめは大畑村の娘です。殿様は女中にしていますが、この先どうなるかわかりません」

「わからないというのはどういうことだ？」

「岡場所に売られるかもしれませんが、側女にされるかもしれません。それは殿様次第ですから……」

「殿様というのは、滝澤新九郎だな。あやつは何を考えているのだ？」

乙助は一度名主の家に目を注いでから兼四郎を見た。臆病そうな小男だ。実際そうなのだろう。

「わたしは、どうなるんです？　助けてもらえませんか……」

「それはおまえ次第だ。正直なことを話せ」

「……と、殿様は国を造るおつもりなんです」

「なに、国を……」

兼四郎は眉宇をひそめた。

「西小松川村に小さな自分の国を造るとおっしゃっています。御料所ではない、手をつけられていない旗本家の采地があるそうなんです。そこをご自分の国にされるつもりです」

兼四郎は東の方角に目を向けた。

西小松川村は竪川の東、中川の対岸にある村だ。

「おまえは仕えて長いのか？」

「五年ほどお世話になっています。殿様は家屋敷をなくされましたが、そばについていろといわれまして、それに奉公次第でこれまでの給金の五倍は払うと約束なさいました」

要するに金で釣られているわけだ。

「浜蔵を知っているな？」

「へえ」

「やつは滝澤から逃げた中間だった。滝澤は人が変わったといっていたが……」

「は、浜蔵は清次さんに殺されたはずです」

乙助は驚き顔をした。

「殺されてはいない。清次に襲われはしたが、生きている」

「ほ、ほんとうですか」

乙助は目をまるくしてから、よかったと胸を撫で下ろすようにつぶやいた。

「滝澤はどう変わったのだ？」

乙助は少し考えてから答えた。

「殿様は乱心されているとしか思えません。お家取り潰しになってから、怖ろしいほど乱暴になられました。人も殺めています。わたしは逃げたくても、怖ろしくて逃げられないでいるだけです。どうか、許してもらえませんか。お願いです。もう、殿様のそばにはいたくないんです。助けてください」

乙助は泣きそうな顔で訴えた。

「あの家の間取りを教えるのだ」

「間取り……」

「家のなかはどんな造りになっている。玄関を入ったらすぐに座敷があるのかないのか、そういうことだ」

乙助は晴れた空に視線を泳がせてから、甚兵衛の家の間取りを詳しく話した。

「あの家は村名主の小堀甚兵衛の持ち物のはずだ。名主一家はおらぬのか……」

乙助はぶるっと体をふるわせてから、

「みんな殺されました」

と、か細い声で答え、死体は裏庭に埋めてあると付け足した。

兼四郎は唇を噛んだ。

滝澤新九郎はとんでもない悪党だ。腹の底から怒りがわきあがってきた。

そのとき、ガラリと雨戸の開く音がした。

二

滝澤新九郎が縁側に立っていた。すぐそばに仁王面の大倉忠三郎が控える。玄関前にいた官兵衛がそちらへ進んだ。

「わしを捕らえに参ったのか？」

滝澤が兼四郎に声をかけてきた。兼四郎は答えずに庭に入った。官兵衛が顔を向けてきたので、まだ手を出してはならぬと、目顔でいい聞かせる。

「いかにも」

兼四郎が答えると、新九郎はふんと鼻を鳴らした。

「やはり、浪人奉行などという役儀は聞いたことがない。誰が支配だ。老中であるか若年寄であるか？」

「お家取り潰しになった貴殿には、いまさら気になることでもなかろう」

新九郎のこめかみがヒクッと動き、黒い馬面が紅潮した。

「村で犯した数々の悪事、見過ごすわけにはいかぬ。五番方のひとつ御書院番組頭にあった者が、改易されての乱心であるか」

「なにを……」

「人の命は安くない。尊いものだ。大勢の家来を持った貴殿は、そのことを重々わきまえていたはず。それなのに罪もなき百姓の命を奪い、村の娘を金に換えたる所業……」

「黙れッ！　きさまに何がわかる。罪なきおのれを陰で貶《おとし》められた人の気持ちがわかるか。わしは非もないのに、権力を笠に着た上役の罠《わな》に嵌《は》まり、まんまと放《ほう》逐《ちく》されたのだ。人の道に叛《そむ》いたるは、番頭でありその側近らである。もはや生きたいように生きるのみ。幕府などあてにできぬというのが痛いほどわかった。正義だ人の道だと説く前に、おのれの足許を見ることだ」

「だからといって人の命を粗末にしてよいという法はない」

「ふふふ。だから甘いのだ。命が何だ。人はいずれ死ぬ。生きていても役に立たぬ命もある。ならば、長い苦しみを味わう前に解き放ってやるのは親切というものだ。生きていても苦しく辛い思いをするばかりなら、そのほうが楽であろう」

「苦しかろうが辛かろうが、人はそこに一縷《いちる》の望みを持っている。いずれ報われるときが来ると、請い願っている。恵まれずとも、小さな幸せを味わうこともできるはずだ」

「何が幸せだ。たわけたことを。襤褸《ぼろ》を纏《まと》い、汚泥にまみれるような暮らしに幸せなどあろうはずがない。八雲兼四郎というらしいな。きさまの世迷《よま》い言《ごと》など聞きとうない。それより取引をしようではないか」

兼四郎はぴくっと眉を動かした。

「取引……」

「乙助を戻してもらいたい。あの金箱ごとだ。さすれば、わしらはおとなしくこの村を出て行く。これ以上村の者に手出しなど一切しないと約束する。貴公が誰の差し金か知らぬが、わしらはどこかへ消えたと申し告げれば、波風は立たぬはずだ。貴公の身にも障りはないはず」

「虫のよいことを……」

「乙助と金箱を寄越すのだ。さすれば、わしらは黙って出ていく。どうだ浪人奉行」

兼四郎は腹のなかの憤怒を抑えながら短く考えた。雲が日を遮って庭が翳《かげ》り、かと思うとまた晴れ間が出てあかるくなった。

蟬の声がかしましい。

「女中にしている村の娘が二人いるな。その二人と引き換えならどうだ」

「兄貴……」

官兵衛が慌てた声を漏らした。

「二人の娘を返してくれるなら、呑んでもよい」

今度は新九郎が短く黙った。考える目で、庭先にいる乙助を見た。乙助は顔色を失って石のように固まっていた。

「ひとりなら返してもよい」

「二人いっしょでなければ話は呑めぬ」

兼四郎の返答に、またもや新九郎は黙り込んだ。そばに控える大倉忠三郎をちらりと見てから兼四郎に視線を戻した。

「しばし、待て」

新九郎はそういうと、忠三郎に見張っておれと指図をして、奥の間に姿を消した。

「小癪なことをぬかすやつだ」

新九郎はそう吐き捨てると、そばに岸根高之丞を呼んで、

「掛け合いは聞いておろうが、いかがしたらよいか」

と、問うた。

「二人を差し出せば、あの者たちは命を惜しまずかかってくるでしょう。それは避けるべきではないかと思いまする」

「されど金箱がなければ困る」

高之丞は短く考えてから答えた。

「乙助は放っておき、金箱と引き換えに娘をひとりだけ差し出すというのではいかがでございましょう。ひとりは残しておいたほうが無難です。いざというときのための人質に使えます」

「そなたもさように考えるか」

新九郎も同じことを考えていた。

「浪人奉行には捕り方の助は見あたりません。殿、ここはうまく掛け合い、凌《しの》ぎ切るのが賢明だと考えまする」

「よし、そうしよう」

新九郎はまた縁側に戻った。


「八雲殿、そなたの役目を考えて手を打ちたい」

兼四郎は再び縁側にあらわれた新九郎を凝視した。新九郎は口調を変えていた。

「乙助はいらぬ。金箱だけ返してくれ。さすれば、娘をひとり返す。それで手を打とうではないか。互いに損得はないはずだ。わしらはこのまま村を去り、貴公らもおとなしく手を引き、御指図役にその旨の申し立てをすれば難はあるまい」

三

「ならぬ」

兼四郎ははっきり答えて、言葉を足した。

「二人と引き換えでなければ応じられぬ」

新九郎の形相《ぎょうそう》がたちまち険《けわ》しくなった。

「金箱と娘ひとりだ。これ以上の駆け引きは無用。どうしても呑めぬと申すなら、考えを変えなければならぬ」

兼四郎は忙しく頭をはたらかせた。新九郎のいい分を呑まなければ、二人の村娘を取り返せないかもしれない。ならば、ひとりだけでも取り返すほうがよいか。あくまでも二人と金箱の交換でなければならぬと突っぱねるか。

突っぱねたとき、新九郎がへそを曲げれば、どうなる？　最悪、おさちかおとめを殺めるかもしれない。それは何としてでも避けなければならぬ。

（では、どうする……）

兼四郎は呻吟《しんぎん》する。

「いかがするのだ？」

官兵衛だった。苛立《いらだ》った顔をしている。

「浪人奉行、いかがする？」

新九郎が返答を催促した。

「少し待ってくれぬか」

「よかろう。少しだけ待つことにする」

新九郎は奥の間に姿を消した。忠三郎は縁側に立ったまま兼四郎たちを監視している。おそらく玄関の裏には、二人の家来が控えているはずだ。

「何をグズグズしてるんだ。あの男はまともではない。いい分を聞くことはなかろう」

「まともではないから困っておるのだ。滝澤らはこれまで何人の村人を殺している？　ひとりふたりではないのだ」

兼四郎はじっと官兵衛の苛立った顔を見る。

「……二人の娘を無事に取り返したい。いまここで事を荒立てれば、二人の娘はあっさり殺されるかもしれぬ。そのことを考えれば、軽はずみなことはできぬだろう」

「ちくしょう……」

官兵衛はにぎり締めた拳で太股をたたき、蟬の声を吸い取る晴れた空を仰いだ。

「おとっつぁん、何もしなくていいのかい？　何か手伝うことはないのかい？」

茂吉は何もしないで居間に座ったまま、茶ばかりを飲んでいる父親の茂作にいい募った。

「わしが行っても何の役にも立たねえ。橘様たちにおまかせするしかないんだ」

「人まかせじゃ、おとめちゃんが帰ってくるかどうかわからないんだ」

「八雲様もいらっしゃる、定次さんもいっしょだ。あの三人を信じて待つしかない。茂吉、ひとりヤキモキしてもいいことはない」

「村の人に助を頼むことだってできるだろう。大勢で押しかければ、悪党だって怖じけるんじゃないのかい」

「茂吉、相手はその辺のただの悪党じゃないんだ。人殺しだ。それに、村の誰がそんな怖ろしい侍たちを相手にできる。頼んだところで尻込みをして断るに決まっている」

「そうだよ茂吉。ここはおとっつぁんがいうように、おとなしく待っているしかないんだよ。きっと八雲様たちが救いだしてくださるよ」

母親のおすえも諭すが、茂吉はじっとしていられなくなった。口をキュッと引き結び、拳をにぎり締めると、

「それじゃおいらが助をする！」

そういうなり、戸口に向かった。

「茂吉、茂吉！」

おすえの声が追いかけてきた。あとから引き止めようとする父親の声も聞こえてきたが、茂吉は走った。野路に出ると一度立ち止まり、名主の家のほうに目を向けた。


「気持ちは決まったか？」

縁側に新九郎があらわれた。最前は下手に出る言葉遣いをしたが、また上から

押さえつける口調に変えていた。

「金箱を返す。その代わり、娘を返してもらう」

兼四郎はそれがいまは最善の方法だと考えていた。

「……よかろう。ならば金箱を玄関の戸の前に置くのだ」

「娘を返すのが先だ」

「金の勘定をしなければならぬ」

「金には手をつけてなどおらぬ」

「とにかく金箱を持ってこい。玄関ではなく、ここへだ」

新九郎は目くじらを立てて声を荒らげた。

「わかった。ならば、娘を出してくれ」

兼四郎はまばたきもせずに新九郎を凝視する。

「……よし」

短くいった新九郎は、奥の間に向かって顎をしゃくった。

兼四郎はそのまま待った。しばらくして、玄関の戸が開き、ひとりの娘が姿をあらわした。だが、後ろ帯を男にしっかりつかまれている。男は清次だと察しがつく。色黒で猫背、額が出ている奥目だ。

さらに清次の横には、怒り肩の西馬場左之助が用心深い顔をして立っていた。

「娘を放せ」

兼四郎は命じたが、

「金箱はどうした？　早く持ってこい！」

新九郎が縁側から命じた。

兼四郎は背後を振り返った。乙助は縛られているので動けない。代わりに定次が金箱を抱えて縁側に近づいて行った。

新九郎の目が奇妙な光を帯びた。口の端に小さな笑み。

「ここへ置け」

「待て」

兼四郎は金箱を置こうとした定次に声をかけた。

「滝澤殿、金箱を置くのと、娘を返してもらうのは同時だ。金には一切手をつけておらぬ」

「信用ならぬ。金をたしかめてからでなければ、娘は返せぬ」

兼四郎は歯嚙みをする。そばにいる官兵衛はさらに苛立ちを募らせていた。しかし、兼四郎は折れるしかない。もし、娘を返さなかったなら、そのときは肚を括《くく》って押し込むと決めた。

「承知した。定次……」

兼四郎が目配せをすると、定次が金箱を縁側に置いて、素速く下がった。新九郎は金箱の紐を解くと、蓋を開けて中身を見た。

「誤魔化しなどしておらぬ」

兼四郎がいうと、しゃがんでいた新九郎がゆっくり立ちあがって、玄関のほうに声をかけた。

「放してやれ」

同時に、娘が玄関の内側から押し出された。

娘は「きゃッ」と、小さな悲鳴を漏らして、前にのめり両手をついた。すぐに官兵衛が手を差し出して立たせた。

「おまえの名は？」

「さちです」

おさちは泣きそうな顔をしていた。そのとき、別の声が近くから聞こえてきた。

「おとめちゃん！」

四

「茂吉……」

声に振り返った兼四郎は、茂吉を見てつぶやいた。

「何をしに来た？」

「手伝えることがあれば、何でもやります」

茂吉は父親に似ない利かん気の強い顔をキッとさせて兼四郎を見た。

「おまえに手伝えることはない。帰るのだ」

「いや、ある」

官兵衛だった。おさちの手をつかんだまま、茂吉のそばへ行くと、

「この子を連れて家に戻れ。おさち、それともすぐにでも家に帰りたいか」

と、おさちに聞いた。

「家に帰りたい」

おさちはいまにも泣きそうな顔で答えた。

「この人は……？」

茂吉がおさちと官兵衛に視線を往復させて聞く。

「滝澤らに攫われた村の娘だ」

「それじゃおとめちゃんは、おとめちゃんはどこです？」

茂吉はおさちに詰め寄るようにして聞いた。

「おとめちゃんは、まだ……」

おさちは滝澤らのいる家を振り返った。茂吉の顔がハッとこわばる。

「捕まったままなんですか……」

茂吉は呆然《ぼうぜん》とした顔で村名主の家を眺め、それから兼四郎を見た。

「八雲様、おとめちゃんを、おとめちゃんを助けてください」

「わかっておる。茂吉、ここにいては危ない。帰っているか、おさちを家まで連れて帰ってくれぬか。それがおまえに手伝えることだ」

「だけど、おとめちゃんは、おとめちゃんはどうなるんです」

「落ち着け。おとめは必ず助け出す。だから、いうことを聞くのだ」

「いうことを聞けって……おとめちゃんは……」

茂吉はよろぼうように数歩歩き、

「おとめちゃん、おとめちゃーん！」

と、大きな声を張った。

だが、返事などないし、玄関の戸も雨戸も閉められたままである。しかし、滝澤の家来たちが自分たちの動きを見張っている。その気配がひしひしと感じ取れる。

「兄貴、どうする？　おさちは助けられたが、おとめのことは……」

官兵衛に問われた兼四郎は窮していた。おとめが捕まっていなければ、強引に押し込むことができる。だが、いまここでそんなことをすれば、おとめの命が危ない。

高く昇った日がじりじりと肌を焼きに来る。昨日の雨でぬかるんでいた地面も乾きはじめていた。

兼四郎たちは楠の木陰に身を移していた。

「滝澤らはどうする気なのだ？」

胸のうちにある疑問が、つい兼四郎の口をついた。

「逃げるに決まっておろう。そのときこそおれたちの動くときだ」

官兵衛が答える。

「されど、やつらはおとめを連れている。近づけばおとめを殺すと脅すであろう」

「殺す……そんなことはいやだ！」

茂吉が泣きそうな顔で叫ぶ。

兼四郎は静かに茂吉に近づき、小さな肩に手を置いた。

「茂吉、おれのいうことを聞いてくれぬか」

茂吉が目に涙の膜を張ったまま見てくる。

「おさちを送り届けてもらいたい。その間に、おれたちはおとめを救い出す。ここにいてはどんな害が及ぶかわからない。もし、騒ぎになったとき、おまえが相手に捕まったら、それこそ元の木阿弥《もくあみ》なのだ。……いうことを聞いてくれ」

兼四郎は茂吉をまっすぐ見て諭した。

「おれのいっていることがわかるか？」

茂吉はうなだれたまま、ゆっくりうなずいた。

「おさち、茂吉がおまえの家まで送ってくれる。いっしょに帰るのだ」

いわれたおさちは茂吉を見て、そっと手を差し出して袖をつかんだ。

茂吉はゆっくり顔をあげ、観念したように、

「わかりました」

と、やっと理解してくれた。

「さ、行くのだ」

兼四郎がうながすと、茂吉はおさちといっしょに村の道に戻っていった。

「旦那、この野郎はどうします？」

定次だった。縛られて尻餅をつく恰好で座っている乙助を見る。

兼四郎はどうしようかと短く逡巡《しゅんじゅん》したが、ある意味乙助も犠牲者だと思った。滝澤新九郎の恐怖の呪縛《じゅばく》から逃れることができず、いやいやながら奉公していただけだ。

「縄を解いてやれ」

兼四郎がそういうと、うなだれていた乙助の顔がさっとあがった。

「おまえは好きなところへ行くがよい。おれたちのめあては、おまえではない。成敗すべき男たちはあそこにいる」

兼四郎は名主の家に顔を戻した。

定次に縛《いまし》めを解かれた乙助は、遠慮がちな顔で「それじゃ」と、ぺこりと頭を下げると、その場からいち早く逃げたいという足取りで去っていった。

「さて、どうする……」

官兵衛が噴き出す汗をぬぐいながらつぶやき、

「おれたちがこうやって見張っておれば、やつらは下手に逃げることはできぬ」

と、言葉を足した。

「出方を待つか……」

兼四郎はすぐ目の先にある家を見てつぶやく。おとめが滝澤らの手の内にある以上は、こちらから何かを仕掛けるには、分が悪い。

それにしても静かである。蟬の声と、ときおり強く吹く風の音しかしない。

真っ青な空には蛞蝓《なめくじ》のような鈍さで動く雲があり、東の空には大きな入道雲が聳《そび》えていた。それからしばらくのちのことだった。
・
定次が、

「旦那、官兵衛さん……」

と、ふいの声を発した。

兼四郎も気づいた。

家の裏手から煙が昇り、焦げるような臭いが鼻をついたのだ。

「まさか」

いうが早いか、兼四郎は玄関の戸を思い切りたたいた。

「滝澤！　滝澤！」

返事はない。戸に耳をあててみた。パチパチと何かが燃える音がする。

「旦那、家に火をつけたんです！」

定次が叫ぶようにいって雨戸を引き開けた。とたん、もうもうとした煙が湧き出してきた。

「やつらはどこだ？」

官兵衛は叫ぶようにいうと、そのまま家の裏にまわった。

兼四郎は体あたりをして玄関の戸を破った。バターンと大きな音がひびき、一瞬にして顔が煙に包まれた。激しく咳き込みながら表に逃げると、

「兄貴、やつらが逃げた！　裏だ、裏の竹林の奥に行った！」

兼四郎は告げに来た官兵衛を見ると、刀を抜き払って家の裏に駆けた。

五

兼四郎は竹林のなかに入った。

その林の奥に人の影が見え隠れする。むろん、新九郎たちである。雨を吸った林のなかは地面がやわらかく、濡れた落ち葉が地表を覆っている。そのために足が滑りやすい。追跡をする兼四郎は二度も足を滑らせ、無様にも両手をついてし

まった。

「くそッ」

吐き捨てると、刀の下《さ》げ緒《お》を引いて襷《たすき》を掛けた。

林の外を走る官兵衛の姿がある。定次は兼四郎のあとからついてくる。

「官兵衛、逃がすな！」

兼四郎は声をかけて、目の前の小枝を払いながら前へ進む。

新九郎たちとの距離は縮まらない。すでに彼らは竹林を抜け、稲田を縫う畦道を辿っていた。

「旦那、旦那！」

竹林を抜けたとき、定次が声をかけてきた。兼四郎が振り返ると、定次は新九郎たちに目を向けたまま、

「おとめがいません」

兼四郎はそういわれて、ハッとなった。たしかに新九郎たちは女を連れていない。兼四郎は煙を出している名主の家の方角を見た。そこから家は見えないが、煙だけは見えた。

新九郎たちはおとめをあの家に閉じ込め、火をつけたのだ。追い詰められた

ら、自分たちの足を止めるために、おとめの身に危機が迫っていることを告げる魂胆《こんたん》であろう。

兼四郎は慌ただしく、家のほうと逃げる新九郎たちを見た。

おとめを救いに行きたいが、そうすれば新九郎らの追跡を官兵衛にまかせることになる。ひとりで彼の者たちを相手にするのは無理だ。兼四郎は肚を決めて、定次に声をかけた。

「定次、おとめを救うのだ。戻れ！」

「はい」

返事をした定次が急いで引き返した。

兼四郎は再び駆けた。すでに汗びっしょりである。油断であった。自分たちの隙をついて新九郎たちは逃亡を図ったのだ。そのことをいまさら悔やんだところでどうにもならぬが、おのれの落ち度が歯痒《はがゆ》かった。

稲田を縫う畦道は曲がりくねっているし、なだらかな起伏があるので、新九郎たちの姿は見え隠れしていた。

先を行っていた官兵衛が急に立ち止まって兼四郎を振り返った。

「どうした？」

兼四郎は荒い息を吐きながら、官兵衛に近づいた。

「見ろ。橋を落とされた」

そこは曳舟川から引き込まれた用水で、幅三間ほどある。ようするに小川である。水辺には鴫《しぎ》が群れていたが、兼四郎たちに驚き、一斉に飛び立った。小川には落とされた粗末な竹の渡しが落ちていた。

「どうする？」

官兵衛が聞く。

「わたるんだ」

兼四郎はいうなり、宙に舞い、川のなかにドボンと入った。水深は腰あたりまでしかないので、そのまま水のなかを歩いて対岸に辿り着き、川岸を這うようにして上った。官兵衛もあとにつづいた。

しかし、対岸の土手にあがると、新九郎たちの姿が見えなくなっていた。

息を切らしながら官兵衛が細い目を光らせる。

「どこだ？」

兼四郎も呼吸を整えながら稲田の先に目を向ける。近くの畦にいた白鷺《しらさぎ》が嘴《くちばし》で泥鰌をくわえて空に舞った。

「あそこだ」

官兵衛が東のほうを指さした。

新九郎たちの姿が桑畑の陰に隠れたところだった。

「よし、このあたりでよいだろう。追ってきているか？」

新九郎は手拭いで汗をぬぐいながら背後を振り返った。人の姿は見えない。視界を切るように飛ぶ燕の姿があるだけだ。

「さっきまで追ってくる姿が見えたのですが、身共らを見失ったので……」

忠三郎が汗まみれの顔を向けてきた。

「それはまずい。追ってきてもらわなければ困る」

そういう新九郎を三人の家来が一斉に見てきた。

「わしらはもとより返り討ちにするために、逃げると見せかけているだけだ」

「返り討ち……」

岸根高之丞がつぶやいた。

「そうだ。逃げたら勝ちは取れぬ。よいか、これは戦だ。戦だと思え。浪人奉行らはたったの三人。こっちには剣の練達者が三人揃っておるのだ。負けることはない」

「いかにも」

忠三郎が納得顔でうなずく。

「清次、金箱は無事だな」

新九郎は金箱を背負ったまま地面に座り込んでいる清次を見た。

「へえ、大丈夫でございます」

「よし。待ち伏せをする」

新九郎はあたりに目を配った。

蝉たちがかしましく鳴いている雑木林があり、段状になった畑がある。畑の上には柿の木が数本ある。

「よし、あそこへ行こう」

新九郎は段状になっている畑を指さした。みんなは段々畑に移動を開始した。

そこは小さな丘になっていて、つづら折りの細い道があった。

新九郎は小さな興奮を覚えていた。さきほど「これは戦だ」と自分が口にした言葉が、何故か武士《もののふ》の魂を甦《よみがえ》らせた気がしたのだ。

そうだ、わしは御書院番組頭だったのだ。御書院番は五番方の雄である。いざ戦になれば、将軍の身のまわりについて堅い警固をするのが役目。敵が攻め込んできたら主君を守るために命を張って戦い、押し返すのが職務。

いやいやいずれわしは国を造って、そこの長になるのだ。いかに小さな国であろうが、それはひとつの独立国家である。わしはそこの首長にならなければならぬ。こんなところで無様な戦はできぬ。相手はたかだか三人ではないか。

丘の上に辿り着いた。そこはさほどの高さではないが、見晴らしがよかった。眼下には青い稲田が風に吹かれて波を打っていた。

「殿、あそこに……」

西馬場左之助が一方を指さした。畦道を辿ってくる二人の侍が見えた。

「浪人奉行め。ここがやつらの墓場になるとも知らずに、愚かなことよ」

ふふ、ふふふっと、新九郎は笑いを漏らし、

「忠三郎、わしらがここにいることをやつらに教えるのだ」

と、語気を強めて指図した。

六

定次は火を吹きはじめた家のなかに飛び込んだ。煙が充満していて屋内の様子

はよく見えない。

「どこだ？　おとめ、どこにいるのだ？」

定次は大声で叫んだ。しかし、パチパチと柱の燃える音と、火だるまになった障子の倒れる音しかしない。

定次は這うようにして、つぎの間そしてつぎの間へと移っていった。煙は頭上を流れていく。火の勢いがあるので、体が熱い。しかし、まだ火の手は家を包み込むほどではない。火の手が上がったのは、台所横の納戸だとわかっていた。

「おとめ！　おとめ！　聞こえているか！」

定次は声を張りあげながら、畳に爪を立てるようにして前へ前と進んだ。もし、おとめが納戸に閉じ込められているなら、もう命はない。台所そばの居間も然りだ。火は納戸から居間に移り、玄関のほうに広がっていた。

定次は火に襲われていない奥の間に向かっていた。もし、そこにおとめがいなければ、あきらめるしかない。そう思う矢先に、悲しむ茂吉の顔が脳裏に浮かぶ。

（生きていてくれ、無事でいてくれ）

定次は芋虫《いもむし》のように両手両足を動かしながら目の前の襖を開いた。そこは小さな座敷だった。おそらく名主が使う書院なのだろう。煙がその座敷にも漂っていた。透彫《すかしぼり》の欄間《らんま》から煙が侵入しているのだ。

定次はその座敷に転がっている女を見た。おとめだ。両手両足を縛られ、猿ぐつわをかけられていた。

「おとめだな」

定次は這っていっておとめに声をかけた。おとめは驚いたように目をみはっていた。

「助けに来た」

定次は急いでおとめの猿ぐつわを外すと、襟をつかんで、雨戸を蹴破って表に転がり出た。

とたん、おとめが激しく咽《む》せた。定次も大きく息を吐いて吸い、

「もう大丈夫だ。心配いらん」

定次はそういって、火に呑まれようとしている家から離れた。安全な場所まで移ると、いきなりおとめが泣きはじめた。

「怖かった、怖かった……」

「もう心配いらねえ。大丈夫だからな」

定次はふるえながら泣くおとめの背中をやさしくさすった。

兼四郎と官兵衛は新九郎たちのいる丘の上を目指していた。二人とも汗だくである。

「官兵衛、気をつけろ。やつらは何か仕掛けているはずだ。そうでなければ、わざと自分たちの居所を教えなどしない」

「わかっておるわい。だが、怯《ひる》みはせぬぞ」

官兵衛は細い目をギラッと光らせて、丘の上を見やる。そこから新九郎たちの姿は見えなかった。つづら折りの緩やかな上り坂で、そばの畑は傷みが激しく、萎《しな》びて腐りかけの青物がところどころに死んだように転がっていた。

道は人ひとりがやっと通れるほどで、両脇から竹笹や小枝が迫り出していた。周囲は蟬の声に満ちている。丘の上に広がる青空を雲がゆっくり流れている。

「ここからは離れて進もう。おれが先に行く。官兵衛、おぬしはこの畑をまわり込め」

「わかった」

官兵衛が畑に足を踏み入れると、兼四郎は警戒の目を光らせながら、再び坂道を上りはじめた。新九郎たちの姿は見えなくなっている。相手は不意打ちを狙っているのだろうが、それを怖れては勝負にならない。

すぐ先に一本の柿の木があり、藪《やぶ》があった。二間ほど先だ。兼四郎は藪のなかに目を光らせ、耳を澄ませた。ものの動く気配も、不審な物音もしない。

ゆっくり足を進めたそのときだった。左側の土手から黒い影が蝙蝠《こうもり》のように飛んできた。もちろん、蝙蝠ではなかった。

刃が日の光にきらめき、大上段から拝み打ちに下ろされてきた。兼四郎は地を蹴って土手に張りついてかわした。足場が悪いので、畑のなかに入った。

「しつこい野郎たちだ」

刀を構えたまま間合いを詰めてくるのは、西馬場左之助だった。怒り肩をさらに怒らせている。

兼四郎は無言のまま隙を窺う。もはや余計な言葉はいらない、斬るだけだ。

西馬場は爪先で地面を探りながらにじり寄ってくる。目は兼四郎を見たままだ。さっと右八相に刀を移したと同時に、袈裟懸けに斬り込んできた。兼四郎はすり落として、逆袈裟に振りあげる。

西馬場はのけぞるようにしてかわすと、素速く半間ほど下がり青眼の構えになった。兼四郎は畝《うね》の間を体を斜めにして間合いを詰める。背中に滝のような汗。頬をつたう汗も、顎からしたたり落ちている。

西馬場が突きを送り込んできた。払うようにかわすと、すかさず横から撃ち込んでくる。兼四郎は畝を飛んでかわした。西馬場はすぐさま斬り込んでくる。

そのとき兼四郎は足先で蹴るように土を飛ばした。一瞬、土埃《つちぼこり》が西馬場の動きを戸惑わせた。その瞬間を兼四郎は逃さず、胸を払うように斬った。

「うわッ」

たたらを踏んで西馬場は下がり、自分の胸を見る。

兼四郎は一切の邪念《じゃねん》を捨て、間合いを詰める。

「このくそッ」

怒りで顔を真っ赤にさせた西馬場が上段から撃ち込んできた。兼四郎は冷静に引き込んでかわすなり、西馬場の背中に一太刀浴びせた。

断ち斬られた着物が両側に開き、パッと花が咲くように鮮血が飛び散った。西馬場が口をねじ曲げて振り返った。

兼四郎は容赦なく刀を振り、横腹をたたっ斬って止めを刺した。

西馬場はそのまま枯れた畑に倒れ、土埃を舞いあがらせた。

兼四郎はさっと丘の上に目を向けたが、人の影はなかった。官兵衛もどこにいるかわからない。

その頃、畑をまわり込んだ官兵衛は丘の上に立ち、大倉忠三郎と対峙していた。丘の上は開けており、雑草だらけの野になっていた。広さは一畝《いっせ》ほどだろうか。数本の柿の木と、奥に銀杏《いちょう》と櫟の木があった。その櫟の下に新九郎の姿があり、

「忠三郎、ぬかるな！」

と、叱咤《しった》した。

「今日は容易くやられはせぬぞ」

官兵衛はじりじりと間合いを詰める。忠三郎は下がらずに、少し右にまわった。

丘の下から吹きあげてくる風が官兵衛の小鬢《こびん》を揺らし、汗ばんだ体に心地よい。されど、日射しは強く、剝《む》き出しの肌を容赦なく焦がしている。

官兵衛が刀の柄を、雑巾《ぞうきん》を絞るように持ち直したとき、忠三郎が斬り込んできた。肩口を狙っての一撃だった。

官兵衛は下がってかわす。すかさず忠三郎の突きが襲ってくる。

官兵衛がすり落として、撃ち込もうとする前に、忠三郎は足許から刀をすくいあげるようにして振ってきた。

（こやつ、相当の手練れだな。なるほど……）

官兵衛は感心しながらも間合いを詰める。

「おりゃあ！」

裂帛の気合いを発して、足許の雑草を踏みしめて間合いを詰めた。

忠三郎の仁王面に一瞬の戸惑い。官兵衛はすぐさま撃ち込んだ。横に払われたが、俊敏に刀を引きつけると同時に、胴を抜くように横薙《よこな》ぎに刀を振る。

ビュンという怖ろしい風切り音。忠三郎が臆したように下がった。官兵衛はさらに追い打ちをかけるように右左と、相手の面を狙って刀を振る。

仁王面に焦りの色が見えた。

「忠三郎！　何をやっておる！」

新九郎が声をかけてきた。

と、その瞬間、官兵衛の刀がざっくりと忠三郎の肩口に食い込んだ。

「うぐッ……」

忠三郎の仁王面が奇妙にゆがみ、膝が折れた。

官兵衛がさっと刀を引くと同時に、忠三郎の肩口から勢いよく鮮血が噴き出した。

「忠三郎……」

新九郎の驚きの声がした。

さっと、官兵衛が振り返ったとき、視界の端に兼四郎の姿が映った。

七

兼四郎が丘の上にあがったのと、官兵衛が大倉忠三郎を斬ったのはほぼ同時だった。忠三郎が鮮血を噴き出して倒れると、新九郎のそばにいた岸根高之丞が、突進するように兼四郎に向かってきた。

振りあげた刀を勢いよく振り下ろしてくる。兼四郎は右にまわってかわすと、後ろ向きになった高之丞の背中に一太刀浴びせようとしたが、素速い身のこなしで横に逃げられた。

兼四郎はさっと構えを変える。右足を引いた半身の姿勢で、刀を低く右下方に移す。

高之丞は青眼の構えで間合いを詰めてくる。細身の体には隙がない。だが、兼四郎は慌てずに自分の間合いをはかり、相手の出方を待つ。

人は攻撃に移る瞬間、隙ができる。相手が出てこようとしたときこそ、勝負の分かれ目。兼四郎は誘うように高之丞に正対した。刀の切っ先は右下方に向けたままで、左脇と胸はがら空きだ。

（来いッ）

兼四郎は内心で誘う。

高之丞が一寸、また一寸と詰めてくる。

兼四郎には高之丞の狙いが見えた。

刹那、右胸を狙っての突きが繰り出された。それより一瞬速く、兼四郎の剣が稲妻《いなずま》のように走った。

高之丞の刀は兼四郎の脇をすり抜けただけだったが、兼四郎のひと振りは、高之丞の胸から顎へかけて断ち斬っていた。

高之丞の上体がのけぞり、天を向いた顎から血がしたたり落ちた。兼四郎が右足を大きく踏み込んだ残心を取ると、高之丞の体がゆっくり夏草の上に倒れていった。

官兵衛がそばにやってきたのはそのときだった。

さっと刀に血ぶるいをかけた兼四郎は、新九郎をにらむように見た。そばにいる清次が怖れたようににじり下がる。金箱を背負ったままだ。

新九郎が抜いた刀を青眼に構えた。兼四郎と官兵衛はゆっくり近づいていく。風が汗まみれの体を撫でて流れる。顎からは止めどない汗が落ちる。

新九郎は恐れをなしてにじり下がる。さらに兼四郎と官兵衛は間合いを詰めた。

「ま、待て、浪人奉行」

兼四郎は顔色ひとつ変えず、さらに詰める。

「待て、待ってくれ。この金箱はそのほうにわたす。遠慮なく持って行くがよい」

新九郎は頬を引き攣《つ》らせて下がる。

「矜持はござらぬか。御書院番組頭だったという誇りをなくしたのか……」

兼四郎は低くくぐもった声を漏らした。

「浪人奉行、見逃せ。金と引き換えだ」

「黙りおれッ！　浪人奉行とは通称。渾名《あだな》のようなもの。おれたちはただの浪人だ」

「な、なに……」

新九郎は驚愕《きょうがく》したように目を見開いた。

「な、ならばなおさらのことだ。金を持って立ち去るがよい」

「この期《ご》に及んでたわけたことを。きさまは罪もない百姓らを殺した。その数、幾人であるかわかっておるのか。女も子供も赤子も殺している。さらには村の娘を攫って地獄宿に売り払った」

「生きるためだ」

「順逆《じゅんぎゃく》の理《ことわり》をわきまえぬきさまには生きる道などない。乱心せずに正道を歩いておれば、このような仕儀《しぎ》にはならなかったはず」

「近寄るな。近寄るでない」

新九郎は口の端に泡のようなつばを溜めていった。

「情けない。元御書院番組頭ともあろう者が、命乞いをするか。覚悟と心ばえが武士たる者ではないか。五番方にいたきさまなら、そのこと重々心得ていたのではないか」

「やめろ。来るな」

新九郎はそういうなり、斬り込んできた。

兼四郎は脾腹《ひばら》のあたりを断ち斬ると、そのまま背中にも一太刀浴びせた。新九郎は悲鳴を漏らすこともできずに、大地に倒れ伏した。

そのとき金箱を背負ったまま清次が逃げようとしたが、官兵衛の動きが速かった。清次の脹《ふく》ら脛《はぎ》を斬りつけたのだ。

「ぎゃッ……」

清次はたまらず転んで仰向けになった。官兵衛は容赦なくその胸に刀の切っ先を埋め込んだ。

兼四郎はむなしそうに首を振ると、刀にぬぐいをかけて丘の端に歩いた。官兵衛があとからついてくる。

兼四郎の胸のうちにはえもいわれぬむなしさが吹き流れていた。

「官兵衛……この村は美しい」

ふいに立ち止まった兼四郎は、小さくつぶやいた。

眼下に風にそよぐ青い稲田が波を打つように広がっていた。

ところどころに溜め池があり、細い用水が何本も走っている。その水面は夏の日を照り返し、鏡のように光っていた。

一見すれば豊かな田園風景であるが、そのじつ土壌は痩せ、稲をはじめとした作物は育ちが悪いという。

それでも百姓たちは汗と土にまみれながら必死に生きているのだ。

「今年の穰《みの》りは少ないだろうが、あと一年か二年もすれば豊かな穰りを迎えることができるはずだ」

兼四郎はそういって大きく息を吐いた。

「そうだな。村もこれで平穏になるだろう。百姓らはえらい。高い年貢を取られようが、懸命に生きているのだ。貧しかろうが、そこには小さな幸せがあるのもほんとうであろう。おれはそのことを茂作に教えられた」

「貧しき者にも幸はあるということだ。それより……」

兼四郎はキラッと目を光らせて、遠くに見える黒煙を見た。

「おとめのことが心配だ。官兵衛、金箱を頼む」

兼四郎はそういうなり、丘を下る道に急いだ。

新九郎らに一家を惨殺された請地村の名主、小堀甚兵衛の家はほぼ燃え尽きていた。

いまや残骸と化した名主の家のまわりには、十数人の村人たちが集まっていた。彼らは火を消そうと汲《く》んできた水をかけたり、延焼を防ごうと掛矢《かけや》や鳶口《とびぐち》で板壁や柱を倒したりしていたが、焼け石に水であった。

結局は消火活動をあきらめ、燃え尽きていく家を眺めているしかなかった。

定次も救出したおとめといっしょに、離れた木の下で燃え落ちる家を見ていた。おとめは早く家に帰りたいといったが、定次は兼四郎たちが新九郎一味を取り逃していたときのことを考えていた。

もし、そうであればおとめの家に帰る途中で、新九郎らに遭遇《そうぐう》しないともかぎらない。そのことを怖れて、おとめを引き止めているのだった。

ガラガラと壁が崩れ、黒く煤《すす》けた柱が火の粉を飛ばしながら大きな音を立てて倒れた。名主の家はすっかり倒壊し、灰燼《かいじん》に帰した。

定次が一方の野路から近づいてくる兼四郎と官兵衛に気づいたのはそのときだった。

「旦那……」

定次はつぶやくなり立ちあがった。

「おとめ、もう心配はいらねえぞ」

八

「旦那、官兵衛さん」

燃え尽きている家の近くまで来ると、定次が声をかけてきた。

兼四郎は真っ先に、おとめのことを訊ねた。

「心配いりません。ここにいるのがおとめです」

兼四郎はおとめを見た。怖ろしい目にあったあとのせいか、表情はかたかった。小柄で目鼻立ちのはっきりしている娘だった。

「危ういところでしたが間に合いました。奥座敷で猿ぐつわをかけられ、体を縛られていたんです。火元が台所のそばだったので、何とか助けることができました」

定次は言葉を足した。

「怪我はないか？」

兼四郎が問うと、おとめはこくんとうなずいた。

「お侍様」

茂吉が声をかけながら駆け寄ってきた。同時におとめに気づいて目をみはった。

「おとめちゃん……」

「茂吉」

「よかった。おいらおとめちゃんのことが心配で心配で……」

茂吉はそういったとたん、両目から涙を溢《あふ》れさせた。

「この人が助けてくれたんだよ」

おとめは定次を見て茂吉に近寄った。

「泣くことないじゃない。泣きたいのはわたしなんだから……」

「だって、おいらおとめちゃんが殺されるんじゃないかと心配でならなかったんだ。よかった、ほんとうによかった」

茂吉は泣きながらおとめの手をつかんで、小さく揺すった。

「心配してくれてありがとう。おさちさんも無事に家に帰ることができたんだね」

おとめは目をうるませて茂吉を見た。

「うん、あの人も家に帰れたよ。おとめちゃん、よかったなあ。助かってよかった」

茂吉はそのままおとめの小さな肩に顔を埋めて、うぇんうぇんと嬉し涙に暮れた。

「茂吉、おとめは家に帰りたがっている。送って行ってやれ」

定次がいうと、茂吉はおとめから離れ、片腕で両目をしごき、

「はい、送って行きます」

と、答えた。

そこへ茂作がやってきた。

「八雲様、橘様、いったいどうなったので……」

「村に悪さをする外道は成敗した。これからは安心して暮らせるだろう。だが、残念なのは、名主一家もあの侍たちに殺されてしまったということだ」

「ええっ……」

茂作は驚いて目をまるくした。

「叔父さん、名主さんたちはわたしの見ているところで……」

おとめは言葉を切り、一度怖気《おぞけ》をふるってから、

「あの侍たちに殺されたんです」

と、叫ぶような声を漏らした。

「みんなか……。赤ん坊はどうした？」

おとめは両目に涙を溜めて、むなしそうに首を振った。

「なんてひどいことを……」

茂作は燃え落ちて、いまなおくすぶった煙をあげている名主の家を、呆然と眺めた。

「そうだ茂作」

官兵衛が声をかけて、背負っていた金箱を地面におろした。

「これは滝澤らが名主の家から盗んだ金だ。名主一家はもうこの世の者ではないが、供養《くよう》のために役立ててくれ」

茂作は目をぱちくりさせて金箱を見た。

「どう使うかは村で決めろ。おれたちが口出しすることではないからな」

「は、はい。それで橘様たちは、これからどうされるんです？」

聞かれた官兵衛は兼四郎に顔を向けた。

「おれたちの役目は終わった。あとの始末は村でやってくれぬか」

兼四郎はそういって、少し離れたところに立っている村人たちを見た。

「届けを出さなければなりませんが……」

「それもおぬしらにまかせる」

「しかし……」

「不幸な目にあった村の者たちのことは悔やまれてならぬが、おれたちはできるかぎりのことはやったはずだ。これ以上の関わりは遠慮いたす」

「それじゃ、お帰りになるのですね」

兼四郎はうむとうなずき、茂吉とおとめの肩をやさしくたたいて、

「達者で暮らせ」

といって、官兵衛と定次をうながした。

「茂作、世話になったな。また遊びにくるやもしれぬが、そのときはよろしく頼む」

官兵衛がいうと、

「いつでもおいでください」

と、茂作は深々と頭を下げた。

兼四郎たちはそのまま北十間川沿いの道に出ると、家路を辿った。

青空の広がる村はかしましい蟬時雨に包まれていた。

兼四郎は野路を辿りながら、今夜は店を開けなければならないと頭の隅で考え

た。すると、常連客の顔がつぎつぎと浮かんできた。

大工の辰吉と松太郎、畳職人の元助、錺職人《かざりしょくにん》の仲吉《なかきち》にやさ男の紙売り順次、そしていつも秋波《しゅうは》を送ってくるお寿々。

（また、文句をいわれるな）

胸中でつぶやく兼四郎は、苦笑を浮かべて歩きつづけた。

この作品は双葉文庫のために書き下ろされました。

双葉文庫

い-40-53

浪人奉行《ろうにんぶぎょう》
十一ノ巻《じゅういちのかん》

2021年7月18日　第1刷発行

【著者】
稲葉稔《いなばみのる》

【発行者】
箕浦克史
【発行所】
株式会社双葉社
〒162-8540 東京都新宿区東五軒町3番28号
［電話］03-5261-4818(営業)　03-5261-4833(編集)
www.futabasha.co.jp(双葉社の書籍・コミックが買えます)
【印刷所】
中央精版印刷株式会社
【製本所】
中央精版印刷株式会社

【フォーマット・デザイン】
日下潤一

ISBN978-4-575-67060-8 C0193
Printed in Japan